變態王子與不笑貓 13

T
prince and
the stony cat.

Sou Sagara
相樂總
Illustration
カントク

一個屋簷下

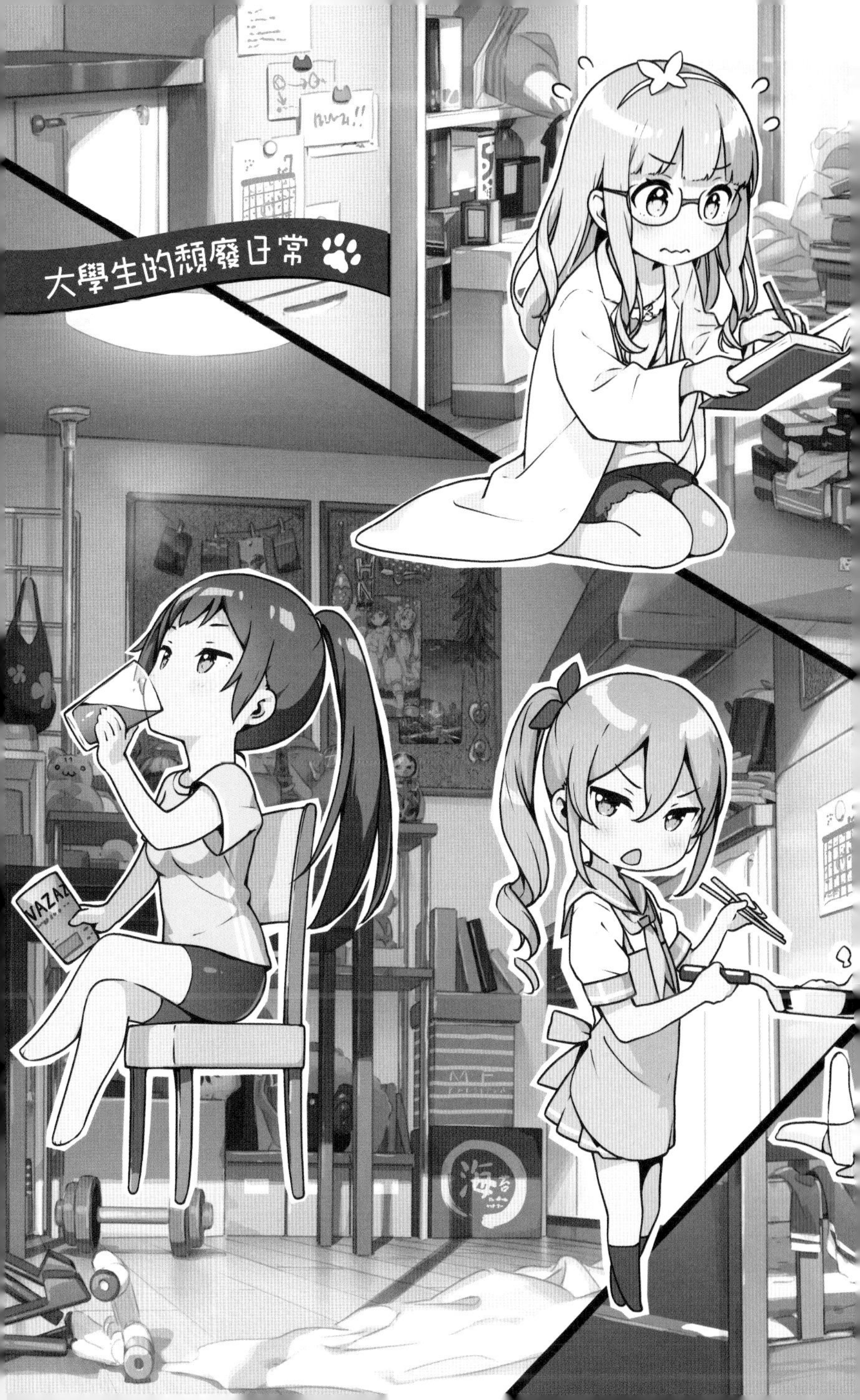

大學生的頹廢日常

「風在吹拂呢。
彷彿可以飛往任何地方——」

「是啊，你看，丹子妹妹——
我們的內褲都在空中自由飛舞呢。」
「原來是忘了用洗衣夾夾住的變態……
哇，拜託趕快去撿回來！」

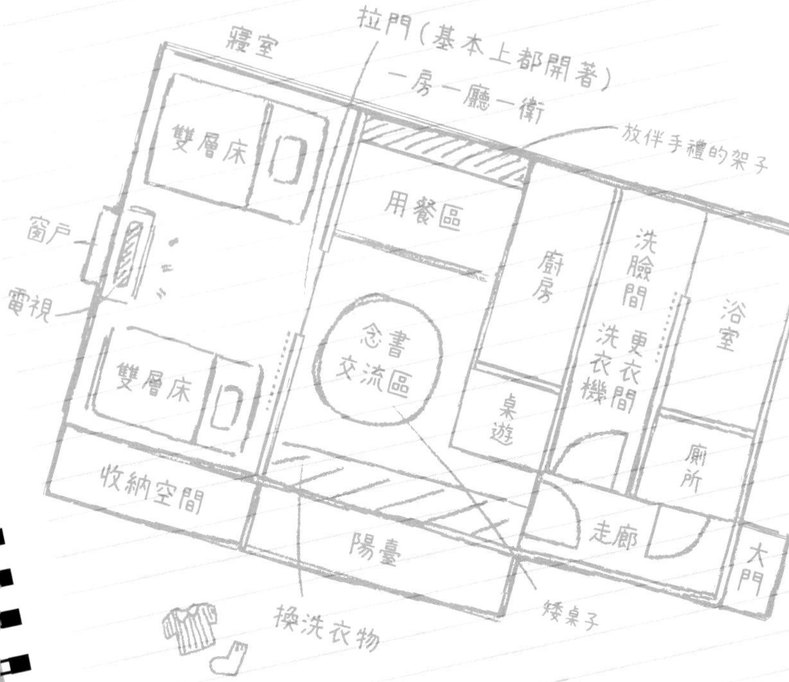

歡迎加入NTT!　P.009
網路戰爭　P.041
奔跑吧!鋼鐵　P.087
自己是隻狗　P.147
終幕 —— P.212

戀愛態王子與不笑貓

變態王子與不笑貓

變態王子與不笑貓
13
Sou Sagara
相樂總
Illustration
カントク
e "HENTAI" prince and the stony cat.

序幕

這季節凍得人手指僵硬，連呼出的氣息都是白色的。

每翻過一張冬季的日曆，我都被迫實際感受到。不管我願不願意，青少年時期最嚴重凶惡的事件就迫在眉睫。

也就是大學入學測驗。

到了這個時期，就不分運動系或不參加社團的『回家社』學生。考生戰士們清一色表情嚴肅，星期天一大早就占領了車站附近的中央圖書館附設自習室。

一邊聽著宛如沒完沒了的槍戰，四處響起的振筆疾書聲。

「呼……」

我坐在靠窗的櫃檯座位，以指尖撥弄馬尾，同時茫然地手撐著臉。

窗户的另一側，行道樹的樹梢在寒風吹拂下淒涼地直發抖。與開著暖氣的室內有天壤之別。

以前擔任田徑社社長時，我都在煩惱這個季節該找哪裡練習。不過我現在一直在思考個人的問題。

這究竟是進化，還是退化呢。

我不知道。

世界上有許多不明白的事情。

「嗯……」

我又嘆了一口氣。聽起來好沒出息。真是的，一點也不像我。

彷彿待在溫暖的室內，失去野性的百獸之王。或是逐漸熔化瓦解的鋼鐵。最近我一直在思考無聊的事情。

結果導致我完全無心寫參考書的練習題。

最近我給自己找了個學習現代國文的藉口。就是趁念書的空檔隨便抓幾本小說來看。

下個月就是全國統一測驗了。（註1）

其實我也覺得考生不該看這種書混時間。但可能是我之前與閱讀這種高尚與趣無緣，任何書籍我都看得津津有味。

……難道這也是受到他，喜歡文學的那男人影響嗎。

註1　日本的大學測驗分為兩次，第一次是全國統一，第二次是各大學分別舉辦。大多學校的評分標準為兩次測驗相加。

我不知道。世界上我幾乎沒有什麼明白的事情。

或許正因如此，我才會去接觸故事。

我看了各式各樣的書。

比方說《奔跑吧！美樂斯》、《我是貓》以及《山月記》。幾乎所有教科書都會節錄這些文章。還有《賢者的贈禮》、《宮澤賢治詩集》這種喜好者愛不釋手的短篇。我還挑戰過《戰爭與和平》與《變形記》這些外國文學作品。

另外就是輕小說吧？我在別人推薦下看了幾本經典作品。我尤其喜歡《歡迎加入ＮＨＫ！》這部作品。

我感覺這部作品就像讚美生命的歌曲。沒頭沒腦胡鬧的同時，依然竭力面對這個一無所知的陌生世界。

話說我以前看過標題類似那篇作品的同人小說。

以前月子寫過一部叫做『橫寺筆記本』的超級大作。總共好像十一集還是十二集。幾乎所有筆記都在一本杉的山丘燒光了，似乎已經不存在世界上。

我不知道那男人——橫寺陽人與筒隱月子究竟怎麼想，才決定燒掉筆記。但那是他們兩人的判斷，沒有我多嘴的餘地。

總之據說火熄滅以後，只剩下這篇燒剩的片段。

是我從文學男——橫寺手中強行借來的。

這些故事都是短篇小品集，不值得一提。

現實世界是基於巧合而成立。燒剩的筆記內容沒有什麼意義。

但正因為是無關緊要的故事，才能深刻體會到無法前往的另一個世界才有的氣氛。這是我的感想，所以我反覆看了很多遍。

比方說這一篇故事——

歡迎加入NTT！

來聊聊『ＮＴＴ作戰』吧。

ＮＴＴ作戰——與一名叫做筒隱月子的少女有關。各位聽過這個偉大又勇敢的計畫名稱嗎？

……肯定不可能聽過吧。畢竟是我自己瞎編的作戰名稱，與實際團體、組織毫無關係。

但是各位可別小看這項計畫。

打個比方，就像攀登極寒的珠穆朗瑪峰頂，是挑戰極限。

打個比方，就像波坦金號戰艦的叛變事件，是鬥爭體制。

打個比方，就像電影《世界末日》的英雄，是反抗命運。

針對筒隱月子擬定的ＮＴＴ作戰也是同一類的計畫。希望各位大聲播放中島美雪（註２）的主題曲，同時仔細聽我娓娓道來。

當天早上——亦即第二學期剛開始的星期一早上——這一天強風吹拂，像是夏秋兩季的交界。

「話說游泳課快結束了吧？」

註２　日本代表創作女歌手，也是華語地區翻唱次數最多的日本歌手之一。

「是啊。」

「每次開啟游泳池的閥門時我就心想，白白放掉一泳池的水真是浪費呢。」

「是嗎？」

「貼上標籤出售的話，肯定可以躺著數鈔票呢。比方說〇〇高中泳池天然水（平成ＸＸ年度高中女生熟成品）。我向別人提議都沒有人甩我，但筒隱妳應該知道吧？」

「也對，我只知道我完全不明白，為何學長會徵求我的意見。」

我和筒隱一如往常，和睦融融地閒話家常。同時穿越腳踏車停車場，走向樓梯口。

筒隱月子。

她是比我小一歲的學妹，迷人之處是尾巴髮束。不論手腳、肩膀、小肚肚、胸部和肚臍都很嬌小。只有湛藍的瞳眸大得不成比例。

因為一些因緣巧合，她失去了臉部表情與說話的起伏。現在的她就像冷淡的貓咪一樣。

「就像熟練鐵匠的鐵鎚一樣，工具愈使用愈有價值。游泳池剛開放時的普通池水很甜膩。上過許多次游泳課後，池水就變得芳醇馥郁。依照邏輯，兩者的價值肯定不一樣吧。」

「原來如此。學長的意見真有趣。」

「別用觀察垃圾屋的輕蔑眼神看我啦！或許妳誤會了，但我可沒有實際感受到價值喔。」

「為什麼要撒這種可悲的謊呢。」

「真、真的啦！我再怎樣也沒落魄到這種程度！只不過具備身為探險家的純粹熱情，追求懸崖另一端的真相……」

「原來是衝向斷崖峭壁的變態呢。」

「咦，為什麼要加快腳步啊。為何要遠離我啊？」

她總是面無表情，平淡地回答。但她原本的個性其實極富情感。

如今她依然以冷淡的手勢，不停試圖推開我的身體。但其實根本不是在拒絕我吧。該不會類似另一種表達愛情的方式吧，應該是。浪漫就是始於相信，應該是這樣。

這時候，

「——嗨，王子。早安啊！」

有人使勁一拍我的背。

我回頭一瞧，發現是剪不斷，理還亂的死黨戳太。

「早啊，你怎麼上氣不接下氣的。發生了什麼事？」

「觀察力真是敏銳。在這裡碰到你真是湊巧，今天的英文翻譯作業……噢。」

我的兒時玩伴總是十分快活，但他卻突然閉起嘴。彷彿在一旁發現幽靈，視線略為從我身上移開。

他的視線彼端是相較之下，尺寸迷你得離譜的女孩。

在兩人愣住與一陣寂靜之後，

「……早安。」

見到筒隱向自己鞠躬問候，

「噢、噢……妳好。」

戳太吞吞吐吐地回答。

「…………」

「…………」

兩人再度沉默。

強風在校舍間呼嘯而過。筒隱的尾巴馬尾晃來晃去，戳太的制服啪噠啪噠地起伏。

面無表情的貓露出沉默的眼神，緊緊仰望戳太。皺起眉頭的魁梧男生從筒隱的正上方迎擊。

「傷腦筋……」

還是不行嗎。夾在兩人中間的我左右為難。

我的學妹和我的死黨——始終像水與火一樣彼此不容。

「這、這個……今天真是風和日麗呢。呃，兩位年輕人共聚一堂，堪稱良辰吉日……」

在我像個笨拙的媒人一樣拱手作揖時，

「……不好意思，話說我今天當值日生。」

「啊，等等……」

「那我先走一步。」

於是筒隱像怕生的野貓一樣，小跑步落荒而逃。

「……我不是說過好幾次了嗎，你不用對筒隱那麼緊張啦。她會規矩向你回禮，而且別看她那樣，其實她很愛開玩笑。找機會好好和她聊聊吧。」

「知道啦。不用你說我當然明白。」

在教室等待開班會的空檔，戳太一直不停搔著自己的頭。彷彿對未知病菌感到苦惱的研究人員。

「筒隱是好女孩。你說得沒錯，可是啊……」

「……無論如何都不行嗎？」

「該怎麼說呢，每次被她圓滾滾又沉靜的眼眸注視，我就感到背脊發涼。就像『跨丟鬼』一樣毛骨悚然吧。即使心裡明白，但是本能依然會提高警覺啦。」

「唔……」

看到戳太悶不吭聲繃著臉，膽小的筒隱當然也跟著怯縮。身體當然會愈來愈僵硬。緊張感就在無表情和緊繃著臉的兩人之間傳播，讓彼此更坐立難安。

這種惡性循環之下只會雙輸。

「我也不會要求她立刻有反應，但她如果一點反應也沒有，會讓我不知道該說什麼才好耶。無表情才是最麻煩的一點。」

「面無表情，是嗎……」

這是可愛的筒隱唯一，也是最大的瓶頸。

其實仔細觀察，還是可以看得到些微表情變化。例如眉梢揚起或下垂，嘴角鬆弛或緊繃之類。膽小的瞳眸神色總是忠實呈現她的心情。

可是要判斷她的表情變化十分困難，至少需要初級筒隱檢定技能才行。這種技能必須持續盯著筒隱看，歷經萬難才能學會。比方說換衣服的筒隱、剛洗好澡的筒隱、穿著學校泳裝的筒隱，或是全裸的筒隱。由於訓練過程可能會被警察伯伯抓去關，所以不建議外行人訓練。

「難道……」

「啊？怎麼了，表情這麼可怕。」

「該不會一年級學生對待筒隱的態度，也和戳太你一樣吧。」

「誰曉得……雖然我不敢保證，但很難說她的無表情氣氛毫無影響。」

「不、不會吧！」

我的身體感到一股衝擊。

難道只因為臉上有點缺乏表情這種小事，就會遭到班上同學的排擠？她該不會握著小小的拳頭、縮著小小的身軀、低頭瑟縮在教室的角落吧？難道她會露出冷淡無趣的眼神，筆直盯著書桌上的痕跡度過一整天？

「噢、噢……！」

面無表情的孤獨女孩，孤零零坐在座位上，與班上同學的嬉鬧隔絕。我的腦海裡一瞬間閃過這種幻想。

筒隱不可能發生這種事情。不應該發生這種事情。絕對不准發生這種事情。

不過──假設，萬一，真的發生的話呢？

「看我的！由我來！全靠我！」

「噢，噢。怎麼啦，王子──」

「看我發動筒隱改造計畫X！」

我差點捏碎手中的自動鉛筆。我的血脈賁張，靈魂燃燒。地面星辰的大合唱響徹四周，橫寺同學的挑戰現在開始！

上課鈴響，以及老師講課的聲音都像大海另一端的微風耳語。我絲毫沒有聽進去。

四個小時後。

「——我想到啦！」

我花了第一到第四堂的上課時間，以及好幾張寫了又丟的活頁紙。再耗費我所有的腦細胞之後，我擺出一個大大的勝利姿勢。

「好，出發吧！利用午休開始執行計畫！」

「等等等等一下，我有一種非常不安的感覺，說明一下吧。」

我才剛從座位上站起來，戳太就拉住了我的手。

「很簡單啊！你剛才不是說，因為筒隱面無表情，才讓你們關係這麼僵嗎？」

「我的確這樣說。」

「但是她在私底下起伏的情感的確傳達給我了。那麼只要透過我，將她的表情增幅至極限不就好了嗎？不止你而已，我要向身邊所有人傳達筒隱的可愛魅力！」

「哦……不過具體而言，該怎麼做呢？」

「之前我也曾經利用搔癢地獄，設法強迫她笑。結果不僅毫無效果，還挨了她的罵。那一次我真是受夠了。」

「對十五歲的女生惡作劇，下場只有稍微被罵。這種關係才讓人五體投地吧。」

「我也反省過了啊。所以這次我決定朝其他方面的情感進攻！」

畢竟表情不是只有笑容而已。

還有一：心跳加速、二：提心吊膽、三：猶豫不前。

這些情感應該很容易溢於言表。而且筒隱露出這些表情時，一定可愛的不得了。

為了盡可能豐富筒隱的表情，我必須勇敢打破社會的規範，面對上天註定的命運。挑戰極限，鬥爭體制，反抗命運！這才是這個計畫的真髓啊！

「也就是——看起來・賞心悅目的・月子妹妹計畫！」

「噢！」

「取第一個字母，簡稱NTT計畫！」

「噢，是喔？」

「還有第一：心跳加速。第二：提心吊膽。第三：猶豫不前，三項簡稱DOCOMO！」

「……哦……？」

「ＮＴＴ ＤＯＣＯＭＯ連結作戰，開始！」

「名稱聽起來好像會被告呢。」

「被誰告？」

「被誰？當然是——被筒隱告囉。因為自己不知不覺中，變成執行計畫的目標了嘛。」

戳太一本正經回答我。很正確。非常正確的論調。

但是！光靠正確的論調是無法戰勝未來的！

「別擔心，歷史法庭會還我清白的！」

「我根本聽不懂你在說什麼，不過你真有自信耶！我喜歡！」

我們彼此向對方豎大拇指，然後衝出教室。

學校午休時間的氣氛有些活潑好動。連一樓走廊都隨處可見不認識的學弟妹。

我叫戳太待在走廊角落，一個人前往筒隱的教室。

「嗨，午安呀。怎麼樣，還好嗎？」

我喊住站在門口聊天的一年級學妹，露出學長風範的爽朗笑容。

「欸？啊，噢……很、很有精神……」

「那就好，我也很高興喔。對了，我想拜託很有精神的妳一件事，筒隱在不在呢？能不能幫我叫她一下？」

學妹點點頭，隨即慌忙跑進教室。

只見她衝向聚集在前方座位的四、五個女生團體中。

「不好了，不好了，大事好不了！」

「什麼？怎麼了嗎？」

「那個超變——嗯哼，王子學長說有事要找筒筒呢！」

「咦，不會吧——」

「能、能不能說不在啊⁉」

「但要是隨便撒謊的話，變ㄊ——不對，王子學長會情緒激動。就不知道他會對筒筒做出什麼事情呢⁉」

「對呀，可能喔。因為他是王子嘛。該該該該怎麼辦……！」

「乾、乾脆一不做二不休，犧牲大家讓筒筒一個人逃命⁉」

「可是我還沒有和男朋友親親過呢……！」

「我也沒有啊！千萬別放棄筒筒和我們的貞操！」

「嗚、嗚、嗚哇——！」

幾個女生口無遮攔七嘴八舌，越來越誇張地討論著。

妳們的聲音連站在走廊都聽得到耶。萬一讓妳們口中的王子聽到，也未免太傷人了。還有妳們是不是誤以為我是誰了啊！

普通人橫寺同學，向某位變態王子合掌致意。只要我分割自我，就可以保持平常心。最後在我心中會誕生多達二十四人的人格。

「——沒關係，學長不是那種人。」

有一顆小小的，但卻很清晰的石子投進了騷動的中心，

「……哦？」

聽到熟悉的聲音，我仔細一瞧。發現熟悉的尾巴髮束在女孩子的中間晃來晃去。當我推測她們剛才可能聚在一起吃便當時，

「抱歉，我離席一下。」

「筒、筒筒——！」

尾巴髮束的女孩快步跑向我。伴隨其他人彷彿將女兒推入火坑的悲痛呼喊。

女孩來到我的身邊時，尾巴髮束像鞠躬一樣上下晃動。

「讓學長久等了……不好意思，我的朋友都很親切。不過想像力也有點豐富。」

「什、什麼事情啊？走廊太吵了，我沒有聽清楚。」

「……是嗎，謝謝學長。」

筒隱再度點了點頭。

另一側可以看到神情不安的少女們，躲在門後的陰影窺看我們。從上往下數，一共是四人。

什麼啊。比我剛才下定決心時好太多了，筒隱很受班上同學歡迎嘛。這樣就不用進行計畫了——正當我這麼想的時候，一股強烈的異樣直撲，讓我背脊發涼。

不對。

是『只有四人』。

四名躲在門後守候筒隱的少女，僅止於此。在我的視野範圍內，除了她們以外沒有別人。

四周寂靜到讓人忍不住發抖。

之前還熱鬧非凡的走廊，不知何時像退潮一樣，一年級都消失無蹤。所有吵鬧聲都退縮到走廊角落或是教室後方，四周籠罩在氣穴般的寂靜之中。

簡直就像害怕來襲的災厄一樣。

只有從教室來到走廊的筒隱被當成犧牲品。彷彿只有我們周圍遭到世界隔絕。

「怎麼會這樣……」

我的胸口雄雄燃起灼熱的怒火。

大家也太心胸狹窄，筒隱也太孤獨了吧。

筒隱不該受到這種不當的待遇。這個世界上所有人都應該使出渾身解數，疼愛她才對。

我現在馬上讓大家認清這一點！

「……怎麼了嗎，學長。」

筒隱輕輕拉了拉我的袖子。

「噢，這個──對了，妳能不能朝向那邊？」

「那邊嗎？」

我隨便指了一個方向。筒隱雖然微微歪著頭，但還是老實轉身背對我。

於是，筒隱柔軟的後頸露在我的眼前。

她的肌膚有如陶器人偶般白皙細緻。如果戳戳她的頸部，食指大概會一路順暢地滑溜到衣服裡吧。

夏季制服襯衫的料子很薄，彷彿連細長的脊椎線條都依稀可見。實在很難想像纖細到似乎一隻手就能掌握的小蠻腰內，竟然充實又飽滿。

「嗯……」

這該怎麼形容呢。

認識的女生如此毫無防備地背對自己，各位難道不想忍不住上下其手嗎？會想吧？會出手吧，我可以體會喔。

和點頭同意的各位一樣，我也很想理所當然地對她出手。

但是只有叢林裡的野獸才會依照本能行動。人類要是和野獸一樣憑本能行動的話，就等於侮辱進化論。

橫寺同學的自制心中，多少還剩一點足以控制本能的理性。

所以說。

「學長，那裡有什麼東西嗎——」

「嘿喲——」

「——!?」

我緩緩從筒隱身後將她抱起來。

我是具備理性的文明社會居民。這是我仔細思考四個小時後展開的行動，應該很OK吧。這和犯罪完全是兩回事，請您千萬不要誤會啊，警察伯伯。

短時間內，這個世界只剩下柔軟的僵硬與緊繃的沉默。

當時鐘的秒針出去散散步回來後，

「學、學長……你突然……做什麼……」

筒隱在我的懷抱裡，身體僵硬得像石頭一樣。背對我的她傳來斷斷續續的聲音。的確，大白天在學校走廊被人抱起來，任何人都會嚇一跳吧。會覺得該不會是變態吧。我也這麼認為喔。

這麼一來，她的表情和聲音肯定會產生變化。

『──啊、啊嗚!?啊嗚啊嗚啊嗚，學、學長，你突然做什麼啊!?』

原本的筒隱肯定會這樣向我抗議。總之她現在的心裡應該也十分慌張吧。應該說她實際上的確像這樣！我希望她變成這樣！

這就是ＤＯＣＯＭＯ連結作戰之一，心跳加速的威力！

「筒、筒筒!?」

「啊哇哇哇哇！哇啊啊啊！」

「老師!?還是該叫警、警察!?」

教室的門板傳來喀噠喀噠的激烈搖晃聲。

看來筒隱的朋友們似乎誤會了，真的好可惜。

打個比方，考古學家挖掘金字塔陵墓，發現木乃伊。將他們當成盜墓賊，這公平嗎？答案當然是否定的。只要師出有名，偷木乃伊賊和考古學家之間，就橫亙著比尼羅河還寬的鴻溝啊。

我也是一樣。我的心始終只奉獻給ＮＴＴ計畫而已。

或許乍看之下，我的行動十分猥褻。但我想先說清楚，我的心裡絲毫沒有不該有的邪念。

對了，換個話題，經常有人說偶像不會流汗吧？那說不定是真的喔。

筒隱的頸後就在我的眼前。

這時間明明這麼悶熱，卻看不到上面有任何汗珠。而且還有一股仔細用水清洗後擦乾，像水果一樣的清潔香氣。

我將鼻子湊進散發芬芳的頸後，

「——……」

「唔～正義啊……」

這股香氣連我也沉浸其中，感覺心情好 Happy 喔。小巧溫暖又可愛，連木乃伊賊都會自願變成木乃伊吧。身為筒隱研究人員，我得仔細研究柔軟的水果，以免遭人誤會。

……由於太沉浸在舒服的感覺中，我似乎磨蹭了很久。

當我回過神來，

「…………」

被我抱起來的筒隱絲毫沒有抵抗。不僅沒有發出任何聲音，也沒有掙扎要離開我。只聽見短促的呼吸聲。

也就是完全不抵抗主義。就像在海底被漁網困住的魚兒，將一切託付給命運。所以成為橫寺同學家的盤中飧也是當然的——

「等等，不對不對！」

事到如今，我才想起當初的目的。

真要說的話，完美無缺的ＮＴＴ計畫有個瑕疵。就是這種姿勢看不到關鍵的筒隱表情。

究竟有沒有效？還是沒有效果？筒隱她現在露出什麼樣的表情？我完全看不到。

「不管了，下一階段！ＤＯＣＯＭＯ之二，提心吊膽模式！」

我換個姿勢抱起筒隱的柳腰，緩緩將她舉起來。她就像小鳥羽毛一樣輕盈。

第二項計畫是先陪她玩任何孩子都會開心的『飛高高～』遊戲。再接一人拋舉的連續技，聽起來很浪漫吧？

在爽快感爆棚下，嬌小的筒隱應該也會提心吊膽。心想『實現太多夢想了，感覺有點不安呢……』在我腦海裡是這樣模擬的。好想看看她可愛的表情喔！不對，讓我看吧！

「裙、裙子……」

之前筒隱毫不反抗。可是在身體離地五十公分左右時，她的雙腳突然開始掙扎。

「什麼，怎麼了嗎？」

「會、會露出來……」

「別擔心，我隨時都注視著妳喔！」

「不是這樣，變態，內褲……」

「別擔心，我好歹也有穿內褲喔！」

「不是，裙子會掀，內褲，會露出來……」

「別擔心，等一下也讓妳看看我的吧！」

等價交換。就像是這個世界的原則一樣，我早就知道了。

不過接下來，筒隱卻進一步全身掙扎。

而且嘴還張得大大的，牙齒開始喀噠喀噠作響。哎呀呀，咬人貓的壞習慣終於露出來啦，真是讓人傷腦筋。當我感覺像平安貴族般微笑注視她的時候，她卻一口咬住我的五根指頭。貴族就這樣死翹翹啦。

「好、好痛啊筒隱！妳冷靜一點！快掉下來了，妳冷靜一點！」

「…………」

「剛才不是還很聽話嗎！難道什麼事情讓妳判定出局了嗎!?」

筒隱再也不回答我。她在我的懷裡輕巧翻轉，就像復仇女神降臨，不顧場合一口咬向我。

大大的瞳眸就像飢腸轆轆的虎斑貓閃閃發光。哇噢，想不到筒隱的表情會如此劇變！雖然我有這種感覺，但她只有對我才會露出這種表情！

「別、不要，不要咬那裡啊！」

縱使我受不了放開筒隱，卻只讓她的無差別恐怖咬人攻擊加速。

「哇、哇、哇呀啊啊啊啊啊啊啊啊啊——————！」

……據說我的慘叫聲拉長得老遠老遠。足以排進學校七大神祕事件之一呢。

後來我才知道，ＤＯＣＯＭＯ連結作戰的最後一項不是『猶豫不前』，而是大胃王女孩『狼吞虎嚥大咬特咬』的『ＭＯ』。

「真是丟臉丟大了……我作夢也想不到他的計畫竟然這麼白痴……」

「……不，戳太學長，請您不要道歉。」

「不不不，早知道我就該堅決阻止他的！」

「不，就算戳太學長阻止他，也只會引發別的慘劇而已。」

筒隱搖了搖頭。同時反覆安慰躲在走廊角落從頭看到尾，最後跑來低頭認錯的戳太。

兩人之間誕生了奇妙的心意相通、麻煩受害者的同病相憐。雖然還有點生硬，但是我的學妹和我的死黨似乎終於可以正常地談話了。

「嗯——算是邁進了一步吧。」

我露出和藹可親的笑容。

只不過是面對水泥牆壁。

各位問我在做什麼？當然是被罰跪坐啊。跪坐在走廊邊邊，還得承受一年級學弟妹的竊竊私語。

結果，NTT計畫被迫停止放映了。

不僅如此，觀眾還交出了活頁計畫書。導致NTT計畫書立刻成為彈劾法廷的呈堂證供。各位如果要對女生出手的話，要記得先丟掉所有可能成為實體物證的東西喔。

「真是的……」

目送邊道歉邊回到二樓的戳太後，筒隱深深嘆了一口氣。

然後她來到我身邊，跪坐在地上，視線的高度和我齊平。只見她的眼神充滿力量，當著我的面，瞪著我的眼睛。

「……學長知道我為什麼生氣嗎？」

「因為我動作太粗暴了……」

「不是的。」

「不是嗎？」

「因為我在向學長抗議。為什麼不經過我的同意，就擅自使用我的身體。為什麼每一次都不先知會我一聲呢。」

「問題在這裡嗎!?」

「如果學長開口的話，或許我也會穿一件走光也無妨的款式……」

「咦，欸、欸？」

「……我開玩笑的。」

筒隱突然聳了聳肩，伸出食指戳了戳我的鼻頭。像是遷怒又像是真正發怒，或許還是為了奇怪的事情生氣吧。感覺好奇妙。

「那、那麼，如果事前取得許可就ＯＫ嗎!?……話說剛才突然掙扎的原因，難道是內褲……」

「請學長現在不要扯無關的話題。」

「不對啊，這個話題超級有關係的耶。」

「我說沒關係就是沒關係。挨罵的人明明還在挨罵，生氣的人明明還在生氣。學長你再頂嘴我就要生氣了。學長知道我現在的意思吧。」

「……嗯，抱歉。」

其實我完全沒聽懂筒隱語。但我知道被她以可愛的手指按壓鼻頭，我的頭就自然跟著上下晃動。

「總覺得我好像被調教一樣……」

「……學長老是想一些奇怪的事情呢。」

戳著我的鼻頭好一會後，筒隱輕聲說了句「好」，然後鬆開手。至於我同時聽到的「趴下」或是「等待」，還是別想太多。夠聰明吧。

「那麼請學長好好解釋一下。」

「解釋什麼？」

「就是這個。」

筒隱輕輕用手背彈了彈手上的活頁紙。那是記載ＮＴＴ計畫概要的機密文件。

「為什麼要想出這種事情呢。」

「啊，妳終於願意聽我解釋了！」

「……只是姑且聽學長的說法。學長是腦袋裡的螺絲經常會飛到宇宙彼端的變態，不過我相信學長其實本性並不壞。」

「筒隱……！」

看到我們終於心意相通，真想感動落淚撲進她的懷裡。不過筒隱的大眼睛似乎一瞬間閃過恐怖的眼神，我只好將行動壓抑成心情。我還是這麼聰明。

「沒有啦，是因為我很不高興。」

「什麼事情。」

「那次事件不是害妳變得不太一樣嗎。結果妳遭到大家的排擠啊！」

這絕對不是我的妄想，而是發生在一樓走廊的現實。回想起剛才那片冷漠的寂靜，我忍不住皺起眉頭。

「……原來是這樣。」

筒隱一本正經，在胸前扠起纖細的手腕。

風範如對學生講課的大學教授，她豎起一根手指。

「的確，根據場合不同，有時候我身邊的人會急速減少。」

「果然！」

「但是減少的原因，可能是──」

正當筒隱指尖轉了轉，即將指向一點的時候。

「筒、筒筒，我、我們跟妳說喔。」

感情和睦的女孩們，從筒隱身後戰戰兢兢伸出手來。

她們手中拿著手機。液晶畫面顯示著三個數字，1、1與0。同時還傳來電話的鈴聲。

「我們會努力幫妳作證的。證明監獄王子……！」

「誰是監獄王子啊!?」

「……不好意思，謝謝大家。」

筒隱不理會跳起來的我，淡淡地接過手機，緩緩掛掉電話。

「不過還不要緊的。」

「但、但是！」

「其實近距離觀察學長反而比較安全。因為學長沒有我就是沒用的人。沒有辦法。」

筒隱一邊說，同時對自己的臺詞點點頭表示同意。似乎還有點滿足。

「筒筒真的好偉大……」

「……只有筒筒敢挺身面對王子學長呢。」

「不過要是貞操有危機的話，別忘了打110喲！」

女孩們以手掩面，哭喪著臉躲回教室裡去。

筒隱目送她們離去後，回過頭來。

「就是這樣。」

「這、這個……」

「所以，剛才走廊上會空無一人，並不是因為刻意躲避我，而是學——」

「等、等一下！拜託妳，等我一下！」

我拚命擠出聲音來。總覺得要是再聽下去，就要被迫面對眼不見為淨的現實了。

正好下午的預備鈴聲響起。

「……真是的。」

筒隱一臉無奈，嘆了不知道第幾次氣。

「既然午休已經結束，那麼今天就到此為止吧。」

「好！」

「下次要做什麼奇怪的事情時，請先找我商量。」

「好。」

「但是與其關心我，請學長先想辦法解決自己的問題吧。」

「好……」

「在今天放學以前，請學長用Ａ４紙擬定計畫，說明今後如何改善自己的形象再交給我。」

「哎、哎呀!?」

「這是想辦法・提升自己・立場的計畫，可以吧。」

筒隱果斷地說著，然後再次指著我的鼻頭轉啊轉。

——就這樣，ＮＴＴ計畫到此告一段落。

放學後我在圖書館裡，與Ａ４紙張展開一場可歌可泣的史詩級大戰。但那又是另一回事了。

不過總有一天，這個偉大而勇敢的作戰將會延續下去。延續計畫的人可能是我，可能是你，也有可能是完全不認識的人。

不管怎麼說，只要人類靈魂存在，就會永遠持續將不可能化為可能的挑戰。

ＮＴＴ計畫永遠不滅。

在某個垂頭喪氣的人身邊，筒隱月子仔細盯著剛才沒收的活頁紙計畫書。此時她有如被雷劈中一般，感覺到天啓如醍醐灌頂。

——悠閒地．接近到．他身邊的計畫……

就在她低喃的同時，計畫中的片段靈感一一湧現。看來有必要將詳細內容仔細整理一番。

「嗯，怎麼了？」

「不，沒什麼。」

她搖了搖頭。

目前就稍微試試看吧，試著貼近他的身體。

NTT
プロジェクト

中場Ⅰ

『艾弗雷特的多世界詮釋』。

量子力學領域中，有一項理論以此為名。

這種思考實驗的內容是，世界隨著一瞬間的選擇而分裂。有無數平行世界與我們生活的宇宙存在於相同次元。

比起學說，這種思考方式或許更常運用在科幻領域上——告訴我這項理論的那男人說。

『所以寫在這本筆記上的世界也存在於某處。如今我和月子妹妹可能依然在尋找笑容。小豆梓是轉學生，可能還有以前兩不相見的朋友們。厤衣衣或許還是喜歡襪子的厤煩百合女孩。鋼鐵小姐可能依然不會念書。』

多管閒事。

對我而言，舉目所及的當今世界就是一切。

其他的我通通不需要。

筆記的片段始終都當成故事圖一樂，我絲毫不嚮往。

我想和大家生活在一起。
不是其他世界，而是這個世界的大家。

「欸，妳在想什麼？」
朋友坐在自習室身旁的座位，她以手肘頂了頂我。
在準備考試的我完全停下了動作，她可能看不下去吧。
「……我在想兒時玩伴。」
我冷淡地回答。
「哦，感情不錯呢。是從什麼時候開始，小一嗎？」
應該是從那時候算起。
筒隱筑紫，筒隱月子，舞牧麻衣，還有小豆梓。
我們四人從小就認識，一直相親相愛地生活。
……那男人可以算在內。也可以排除在外。
「好羨慕兒時玩伴喔。我也好想要。」
朋友羨慕地嘆了一口氣。
其實我還是不太明白她究竟想表達什麼。但至少她的眼神是懷抱夢想的少女。或許她真的嚮往吧。

「妳們沒有吵過架吧？」

聽到她說得理所當然，我忍不住笑出來。

那怎麼可能呢。

我遇見兒時玩伴的瞬間，就曾經爆發打得灰頭土臉的大戰。即使上了高中，也聽說兒時玩伴之間發生過沒有煙硝的網路戰爭。

「那是什麼啊，告訴我吧。」

見到她視線朝上央求我，我略為想了想。

……算了，無妨。

反正已經是陳年舊事了。

我和激烈的戰爭，以及之後簽訂的和平條約都無關。頂多只能聽當事人垂頭喪氣地說明經過。

月子肯定也不會發脾氣——

網路戰爭

筒隱家的人很早起。

冬天凌晨五點，整個世界還沉浸在幸福的睡夢中，月子已經在廚房燒開水。先溫熱她喜愛的貓咪圖案茶壺，加入喜歡的茶葉。然後注入沸騰開水等待大約三分鐘。飄起的裊裊蒸氣在與視線齊平的小窗上凝結成霧。

隔著一扇玻璃的窗外，早晨的黑暗與寂靜一同結冰。東方天空也依然一片漆黑，還沒有一日之始的跡象。

「……哈呼。」

窗戶內側的月子打了個毫無防備的呵欠。

覺得不小心發出的聲音很有趣，月子獨自反覆打呵欠。哈呼，哈呼～感覺有些愉快，今天的心情一樣好極了。

桃紅色睡衣外面披著一件棉袍。下半身多套了一件姊姊讓自己穿的鬆垮衛生褲。從頭到腳包得圓滾滾暖烘烘，好像廟裡供奉的不倒翁。這種散漫到極點的打扮實在不能給人看，反正在家嘛。

腳邊的燈油爐子發出噗嘶噗嘶的聲音，逐漸浸潤在暖和空氣的顏色中。

月子喜歡早起。

既不是為了照顧姊姊，也不是為了和朋友聊天。當然更不是為了去逮誰，因為這段透明的時間完全屬於自己。

對大家保密，一日之中最珍藏的寶物。

現在的我，很自由。

不受任何人束縛，也不干涉任何人。踽踽獨立的女人。

沒錯……我是個成熟的女人！

「嗯哼～」

自己映照在玻璃的鏡像，呈現四肢著地的妖豔豹女姿勢。

哎呀呀？說不定又距離美好身材更進一步了喔？

真是太棒了。真是太美了太妙了。

深深著迷於未來的自我形象。棉袍包裹的不倒翁型少女滿足地發出『噗呼～噗呼～』的氣息聲。

這是月子根據月子為了月子所進行的每日功課。萬一被哪個王子看到的話，月子一定會立刻策劃強拉王子殉情的完全犯罪吧。不過當然，這裡沒有別人。只屬於自己的時間，天啊，真是太美妙了。

練習成熟的模樣直到滿意為止後，月子坐在廚房的餐桌邊。

紅茶當然沒有加砂糖……至少最初的第一口忍著沒加糖。這是為了成為成熟的自己。

邊啜飲著清晨的苦澀大吉嶺，同時啟動最新型的平板電腦。

這也是每日功課的一環。

要確認的是『月夜的白貓亭』──由月子管理的個人網站。

如果舉一部目前在全世界大受歡迎的漫畫，那肯定是卡美拉系列。

以『小公女卡美拉』、『人魚公主卡美拉』為代表作，國民級的少女漫畫。打破窠臼，破天荒以卡美拉擔任主角。有時敏銳剖析霸凌問題，有時又描寫和宇宙怪獸爆發大戰。超脫常軌的劇情發展充滿了魅力。

因此受到絕大多數年輕族群的支持。粉絲創作和同人短文在網路上多如天上繁星。

最近同人創作大多集中在 PIXIV 或推特，以及投稿小說網站等社群媒體。但由於卡美拉系列歷史悠久，如今依然有不少人氣長紅的個人網站。

其中有個新露頭角的怪物級網站，瀏覽人數呈現三級跳──

就是『月夜的白貓亭』。

昨晚又新上傳了一段附有插圖的極短篇小說。

標題是『王子殿下與我』。

是描寫卡美拉系列作品中的配角，羊斗與星花配對的常套悲戀系故事。在最喜歡的原作中經常遭到忽略，月子最擅長描寫兩人之間纖細的感情。

想當然耳，留言板一個晚上就貼滿了讚不絕口的評語。

『人感動了！』『眼淚都流下來了』『一想到兩人的心情就……』『管理員真是天才♪』『和我一起看的姊姊也說很有趣喔！』『可能和原作一樣喜歡☆』『趕快成為職業作家就好了呢』『太棒了！』『請和我交朋友吧』『好想趕快看下一篇』『讓我看小褲褲』。

諸如此類，諸如此類。

……呵呵，看來這次又發表了一篇傑作呢。

釣到大魚的月子徜徉在讀者意見中，旋轉手中的貓咪茶杯。拖鞋在桌子底下啪噠啪噠，有如跳舞一般彈跳著。

月子喜歡在兒福社團描繪給小孩子看的溫情畫片。不過她同樣也喜歡寫一些難以割捨的故事給不知名的網友看。

受到別人褒獎的感覺還不壞。

……應該說超級喜歡。受到別人褒獎，肚肚深處會洋溢著暖意。拜託多多褒獎我吧。

在月子心中，排名第三的喜愛事物是獲得別人的認同。

至於第二，是想像化為成熟女人的自己，第一則是享用美味的料理。至於遠遠超越排名第二與第一的喜歡事物，則是看著某人漫不經心的側顏。感受某人的視線。與某人互相凝望——哈呼，一大早就在胡思亂想什麼啊。真是太丟臉了。明明就不該這樣，我真是的——

——喀鏘一聲。

茶杯發出刺耳的聲音，打斷了介於夢境與現實的幸福踢踏舞。

眼睛看到了討厭的東西。

液晶畫面中的網站裡，留言板中出現這麼一條留言。

『這次又是不知所云呢……該不會不擅長這類型的故事吧？因此只給1顆★

by Little Beans』

被怒濤般的讚美淹沒，沒有人理會這一條留言。可是月子的確看到了。確確實實看到了。

難得滿足的內心一下子變得冰冷僵硬。

月子心想，又是這個人。這傢伙總是留言挖苦，『Little Beans』。每次月子上傳新作，這人都會在固定時間以相同的使用者名稱登場。讓人認為他根本只想與眾不同而唱反調。

不想看不會去找其他網站嗎。我是為了讓看了感到高興的人而創作，可不是專門寫給你一個人看的。這又不是付費的商業作品，也不是自願接受批評的評論網站，憑什麼擅自加上星星評分啊。

成熟的我不和你計較，放你一馬。但如果換成世界上其他地方，可就會發生流血戰爭囉。你撿回了一命呢。

月子使勁按住桌子，站起身來。

是時候準備早餐了。

今早的菜單就吃納豆白飯，煎豆腐排、燉煮大豆配青豆吧。囉嗦的Beans，看我將你通通吃下肚。

「……還有得叫姊姊起床才行。」

月子的姊姊明明不會賴床，卻老是假裝自己爬不起來。因為她想向來叫醒自己的妹妹撒嬌，將妹妹拖進被窩縮著。兩人每天早上總要來一場激烈的武力鬥爭。

今天要完全武裝，徹底將姊姊叫醒。月子的心情略顯激動，站在流理臺旁。

窗外有如宣告透明的幸福時間結束般，東方天空開始泛起魚肚白。

月子取出足以當成牢靠的起床鈍器——也就是中式炒菜鍋——纖細的手腕鼓足了力氣，同時心想。

Little Beans——他究竟是誰？

「這邊喲！這邊！過來這邊吧！」

看到小豆家的梓學姊向自己不斷招手。月子決定接受好意，坐在她旁邊靠窗的座位。

星期一的午休時間。

六號館的餐廳裡擠滿了化為飢餓野獸的學生，要找座位真是難上加難。比所有人都適合『空腹王』稱號的月子也不喜歡等太久，因此很少來這間餐廳用餐。

但是不湊巧，今天第二節體育課拚命做了幾次伸展。導致第三堂課結束後，午餐要吃的多層便當就已經盒底朝天了。真是太美味了，我的手藝果然不是蓋的。

既然難得跑一趟，因此和購買組的朋友一起來到餐廳。正巧看到二年級學姊孤零零地幫忙占了窗邊的座位。

於是月子馬上和朋友們分工合作。自己去搶座位，朋友們去排餐券。

「啊，筒隱同學不是一個人呀……」

看到月子拜託朋友幫忙點餐，小豆學姊露出失望的表情垂頭喪氣。然後又慌忙抬起頭來，兩手不斷揮動。

「我、我、我也不是一個人吃飯喔！其實！這個座位等一下也有人要坐！」

「唔。」

「但是下一堂課輪到我朋友上臺，因此她先離開了！所以很不巧，只有今天，剛剛好，看起來只有我一人，這樣子啦！」

「原來是這樣。」

「妳、妳不要誤會喔！我有啦！朋友！真的有啦！」

「我知道的。」

月子溫情款款地點了點頭。

其實她不需要這麼努力辯解。只要看到小豆學姊，不知為何就會變得無限體貼。這一定是學姊的眾多美德之一。

偶然獨自一人的小豆學姊，偶然為了打發獨處的寂寞，偶然帶了本一人看的少女漫畫。

「小豆學姊，那是……」

「啊，被發現了嗎？這是新出的！等我看完了再借妳看喔。」

「謝謝學姊。」

月子的眉毛挑了挑，以任何人都看不出來的角度和幅度往上揚。

「幸福王子卡美拉」——卡美拉系列作品最新作。

話說回來，狂熱卡美拉信徒原來就在自己身邊啊。連月子都沒有看完眾多外傳和官方同人，而且各買三本呢。

「記得新書不是今天發售嗎？」

「所以我第一堂課請假，跑到書店買了。這一集居然是時空穿越呢！卡美拉二世回到過去，以改變時空離子砲連同未來的地球炸飛了壞人首領喔！真的太帥了！」

「小豆學姊真的很喜歡卡美拉系列呢。」

「欸嘿嘿，還好啦。卡美拉真的讓人很振奮呢，每個角色我都很喜歡……」

「學姊也會看二次創作之類的嗎？」

「當然會呀！看到喜歡的作品還會提供許多感想，每天都在留言板留言呢！月子妳知道哪些網站有趣嗎？」

「這個呢……」

在月子平坦的胸懷裡，微小的懷疑種子冒出疑竇之芽。

深呼吸一口氣後，月子視線朝上瞥，觀察重要證人小豆的模樣後，

「——比方說，『月夜的白貓亭』之類。」

「啊，我知道喔！怪物鯨魚級的人氣網站呢。」

她絲毫不知道自己被觀察。拍了一下手之後，明顯皺起眉頭。

「……可是那個網站一開始很棒，中途卻變得不怎麼樣呢。」

「哦，為什麼呢？」

「感覺大推的角色配對有點不切實際吧。」

嫌犯小豆用手撐著臉，手上的吸管左右搖晃。吸管裡的果汁滴下來，點點黑色痕跡逐漸滲入托盤。

她的模樣彷彿順手扔出一顆星差評的抱怨者——月子心中這麼想。

「不切實際是什麼意思呢。羊斗和星花在原作裡也是相當知名的搭檔吧。」

「但星花畢竟只是羊斗飼養的貓吧？就算設定上會說人話，可是與主人湊成一對……我個人覺得太超展開了。」

被告小豆露出曖昧的笑容。

「超、超展開……？」

月子感覺自己的頭頂『呼～』一下發熱。當然，外人是看不出這種變化的。什麼叫畢竟只是一隻貓？在兩人命中註定結合的羈絆前，種族、年齡與學年差距根本微不足道吧。胡亂解釋的都該死！

「……那麼小豆學姊，妳覺得哪一組配對比較好呢。」

「如果羊斗和別人配對，真要說的話，應該是豆理・圖艾特吧……」

「學姊的嗜好真是奇特。」

豆理・圖艾特是與羊斗生別的青梅竹馬。以犬系女主角凝聚了極少數特殊族群的人氣。但是在月子眼裡，豆理頂多算是陪襯。真正的女主角是星花，這是比鐵還要堅定的事實。

……我是成熟的大人！所以月子沒有說出口。

「——但是我覺得豆理和羊斗的組合相當不搭調呢。」

心裡剛這麼想就不小心脫口而出，真是疏忽呢。

「是嗎？其實我也沒有堅持非豆理不可，總之星花就是不行。雖然星花以角色而言很可愛，讓人想抱緊她磨蹭臉頰，但我根本無法想像羊斗追求她的畫面。我還是喜歡有真實感的配對。」

「……真實感……」

「這充其量只是我個人像好奇獨角仙一樣的興趣。對別人的喜好說三道四不是我的本意，『月夜的白貓亭』能受歡迎是好事呀。」

真正甲級戰犯小豆意有所指地眨眨眼睛，隨即站起身。

「那麼我要準備下一堂課，先走一步囉。下次再借妳有趣的電影吧！筒隱同學很有品味，我很期待呢。」

「……嗯，我知道了。」

目送小豆離去的背影，月子在桌子底下握緊自己的拳頭。

──超展開又缺乏真實感？原來如此，原來如此。既然妳這麼說，那我也有我的想法。看我寫一篇具備終極『真實感』的作品吧。

通紅的火炎在月子如水晶般湛藍的瞳眸中燃燒。

「哇哇哇，筒筒怎麼了嗎？怎麼散發這麼可怕的氣勢……」

月子從朋友端來的托盤上一把搶過紙杯，咕嚕咕嚕一飲而盡。

當天傍晚，月子在上學路線等待。不久後目標學長隨即現身。

「嗯，在這裡遇見真是湊巧呢。還是找我有事嗎？」

橫寺陽人對自己露出和煦的笑容。

領帶搭配手織圍巾的顏色。在制服的容許範圍內顯得相當時髦，月子認為這樣穿很好看。

學長應該在社團運動得滿身大汗後才回家吧。今天學長身上散發的氣氛依然充滿男子氣概，青春又爽朗。

月子小心沒讓學長察覺，鼻哼了一聲，然後用力吸足他的氣味。感覺某些火熱的液體緩緩滲入身體的深處。

結束慣例的能源補充，這樣就能撐三天，不會出現戒斷症狀了。

但是。

唯有今天，勝負才正要開始呢。

「學長，有件事想拜託你，能不能借用一點時間呢。」

「嗯，當然好啊。只要是為了妳，不論一千年一萬年都行。甚至被囚禁在名為時間的牢獄，直到世界腐朽也在所不惜！」

「謝謝學長。站著說話不太方便，請學長過來這裡吧。」

「……沒聽到妳的吐槽，總覺得耍寶好空虛……」

「囚禁學長的時候，要從背後接近。然後噗滋一聲，在靜脈注射硫噴妥鈉麻醉藥（註3）。所以這種要求是得不到許可的喔。」

「好可怕！為什麼啊！我要的只是普通回答而已耶!?」

「學長是要求好多的變態呢。」

「哎……難道是我的錯嗎……？」

月子拉著橫寺學長的冬服袖子，走進一旁的兒童公園。

孤寂的燈光照耀在陰暗之中。冰涼刺骨的寒風吹動無人盪鞦韆，發出嘰嘰聲搖晃。

月子坐在一個人都沒有的沙坑前方長凳上，橫寺也以自然的動作迅速坐在旁邊。兩人之間沒有距離。

「最近真的愈來愈冷了呢。這種時候真希望有女孩子的肌膚可以取暖耶。」

註3　用來死刑或安樂死的藥物。

「距離春天還很遙遠呢。」

「沒有吐槽感覺好寂寞……不，還是算了。」

「想要溫熱學長的話，會將學長塞進和體溫相同，三十六度左右的鍋爐裡。然後用文火仔細烤得完全熟透，請學長放心吧。」

「我說過不用了嘛！而且答案我還稍微猜得到耶！」

「學長是不出所料的變態呢。」

「……話說月子妹妹，有什麼事情要拜託我？」

橫寺學長露出笑容。

學長經常笑。雖然覺得這樣很好，但可不能被學長的笑容不小心蒙混過去。

聽學長的抗議方式，彷彿塞進鍋爐裡燒烤還不夠似的。

很久以前，學長已經肯直接喊我『月子』。但不知何時，加上『妹妹』或是以姓氏稱呼卻又一點一點復活了。

無法親暱地直呼名字，或許證明了他的體貼。但我覺得，也有可能是他沒有認真對待我的證據。

簡直就像卡美拉系列的星花一樣。

果然必須超越種族與年齡的差異，我──星花必須和羊斗對等才行！

月子的眼神燃燒著熊熊烈火。心情就像無敵英雄‧卡美拉二世。以奇蹟離子砲轟碎阻擋在面前的壁壘。

「其實——我希望學長現在試著追求女生。」

「……追求，咦？怎麼又來了？」

月子非常快速地向眨眨眼睛的橫寺學長說明。

自己正在兒福社團編排新的畫片。有淡淡的浪漫情節。因為想不到好的臺詞，希望學長幫忙。

簡單來說，就是這樣。以製作為藉口。

而且要當作參考是真的，因此並非完全說謊。這也可以當作藉口。

「唔～突然要我想出追求女生的話嗎……」

橫寺學長半笑著搔了搔臉頰。

「隨便想個幾句就行了。假裝追求，追求空氣。自由式追求選拔賽，學長不是最擅長這些嗎？」

「才沒有好不好!?我在妳的眼裡究竟是什麼樣的人啊！」

「怎麼說都可以。只要隨口說些好聽的話，就能一舉攻陷心中有好感的女生。隨便說幾句，來吧。」

「拜託，追求可不是隨便耍嘴皮子就行耶……雖然我有各種經驗，想過各種臺詞。但是必須掌握一個具體的對象，並且認真將心情傳達給對方。否則聽起來會太過

輕薄喔。」

橫寺學長皺起眉頭，結結巴巴地反駁。

為什麼偏在這種時候認真啊。不需要多說的時候，明明會沒頭沒腦冒出一句不是嗎？

月子繃著臉以鞋尖挖著地面。感覺到腳趾尖端卡著小小的石頭。

然後月子閉起眼睛踢飛石頭。以準備迎戰的態勢，鼓足勇氣，向學長說。

「……那就以我做為具體例子。」

「嗯？以月子妹妹？」

「比方說，學長要追求我的話。」

「──從我遇到妳的那一瞬間，妳那碩大的瞳眸就奪走了我的心。妳的瞳眸浩瀚廣闊，更勝無窮宇宙。以超乎任何事物的強烈引力將我吸進去，迷的神魂顛倒啊。」

「咦。」

「百萬瞳眸也好（註4），為妳的眼神祝福也好（註5）。或許現在有人會嘲笑這些

註4　函館的百萬夜景。

註5　北非諜影著名臺詞

詞陳腔濫調，但我能體會說出這些名言者的心情。光是在妳的瞳眸注視之下，我就覺得好幸福。」

「這個。」

「就算下一瞬間會從世界上消失，現在能映在妳的瞳眸中，已讓我心滿意足。因為我能在妳那黑曜石般美麗的雙眸中永遠活著，所以我一點也不怕。」

「夠了。」

「雖然無法直接碰觸妳的眼眸，但希望至少感受睫毛些許的喧囂。我想在妳的眼角細語成熟的愛情，想親吻妳的眼瞼百萬次。想盡可能待在妳的眼眸旁邊。」

「很夠了，真的很夠了。啊嗚，請學長饒了我。」

從宣戰布告到全面投降，才過了一分鐘。

月子以右手顫抖地遮住臉。同時舉起發抖的左手，拚命拍打一旁學長的膝蓋。如果不這樣制止他，毫無羞恥心的變態多半會永無止境，沒完沒了說個不停。

「具體例子果然很重要，因為只要想到什麼就說出來即可。」

「唔唔……」

完全沒想到他會這樣說，出乎意料。這根本不是什麼追求話語，而是完美的殺人臺詞。由於殺傷力太高了，從耳尖到腳跟都在發癢，有如火燒般炙熱。讓人害羞得根本不敢正眼看向旁邊。

所以取而代之。

「……月、月子妹妹!?」

坐在長凳上的月子，更進一步貼緊橫寺。這叫扭動（N）貼近（T）他（T）的NTT計畫。

肩膀與肩膀，側腹與側腹，腰骨與腰骨，大腿與大腿彼此摩擦。

直接感受學長的體溫與氣息，以及心跳的感覺。而且還知道學長正看著自己。在不到幾公分的近距離，直直盯著我的身體看。

學長吞了一口口水。自己連這些氣息都感覺得到，感覺好奇特。腦袋內和臉頰外都好火熱，快要失去理智了。

喉頭咕嘟了一聲，

「月子——」

「……陽、陽人、弟弟……」

分不清由誰主動，就在兩人即將手指交纏時，

——鏘〜鏘〜鏘〜！

電話鈴聲忽然大作。

一瞬間兩人連忙分開。圍繞在長凳四周的粉紅色氣氛也煙消雲散。

月子以生硬的動作慌忙掏出手機一看，是姊姊來電。似乎是催月子回家煮晚飯。不知道該說時機正好還是不巧，總之今大不准姊姊吃飯。

回過神來才發現，太陽早已完全西沉。空中出現鮮紅色的月亮，以及顫抖的星星。

「哈哈哈……回、回家吧。」

橫寺學長露出困擾的笑容，月子也默默地點了點頭。

看來可以寫一篇好故事呢。

趁著姊姊餓肚子邊哭邊洗澡時，月子在自己房間，坐在舊型筆電面前。

即使不用預先構思，手指也很自然在鍵盤上飛躍。喀噠喀噠地編織出一篇新的故事。

故事不在我小小的腦海裡。而是輕飄飄懸浮在空氣中。我以雙手的指頭捏住，讓故事化為文字的形式。並非從頭開始構思，只是發現原本就存在於該處的文章。

這才叫做真正的創作——月子半陶醉地這麼認為。

一如往例，寫的依然星花與羊斗的故事。

但是這一次，可能是『月夜的白貓亭』創設以來最別開生面的劇情。自己有這樣的預感。

開始撰寫沒多久，已經有了一般文庫本小說將近二十頁的分量。故事轉眼就進入了佳境。

「星花」

羊斗以有點酷酷的帥氣眼神看著我。

和他相處這麼久，因此對我而言，羊斗想說的話會像電波一樣傳來。不如說羊斗每次說的都是同一套。總是每天追求我，就是對我著迷，之類吧？

不過好女人如我，總會佯裝不知等待羊斗開口。因為我既不討厭羊斗英俊的臉龐，也不討厭羊斗的聲音。應該說今天幫羊斗的臺詞打打分數也未嘗不可，之類吧？

「星花，從我遇到妳的那一瞬間，妳那碩大的瞳眸就奪走了我的心。妳的瞳眸浩瀚廣闊，更勝無窮宇宙。以超乎任何事物的強烈引力將我吸進去，迷的神魂顛倒啊。」

「是嗎？」

——月子一邊寫，同時背部不斷扭動。

光是回想也讓人覺得難為情。

當時因為腦袋一片慌亂，僅依稀記得學長說的追求語句。不過內容好像就是這樣吧。既然連寫出來都感到害羞，代表自己應該沒弄錯。沒事沒事……

月子勸說自己，然後繼續埋頭崇高的創作活動。

「不論是一億的瞳眸，或是為妳的眼神祝福。或許現在有人會嘲笑陳腔濫調，但我能體會說出這些名言者的心情。光是在妳的瞳眸注視下，我就覺得奇蹟般的幸福，足以在天上飛一飛呢。」

「就這樣嗎？」

「就算下一瞬間會從世界上消失，現在能映在妳的瞳眸中已讓我心滿意足。因為能在妳可愛又迷人的一對美麗眼眸中永遠閃耀，我隨時死而無憾。」

「說完了？」

「雖然無法直接碰觸妳的瞳眸，但我至少想感受妳的睫毛之類。我希望對妳的眼角這樣又那樣，想親吻妳的嘴唇百億次。想和妳共結連理幸福地生活到終老。」

「還好啦。」

我笑了出來。雖然沒達到一百分滿分，不過倒是可以附加一點獎勵，之類吧？

「星花……」

然後羊斗忽然拉近距離。

公園裡明明有人在看，但是羊斗喜歡我，所以打算對我出手。好女人如我寬鬆給他評分，對他睜一隻眼閉一隻眼。羊斗就用他大大的掌心，不斷撫摸著我緊實有緻的貓肚肚。喂喂，這樣未免太得意忘形了，之類吧？

我正想抗議時，手機忽然響起。羊斗嚇了超級一大跳，急忙離開我。什麼嘛，不過這也是他好的地方，之類吧？

「哈哈哈……回、回去吧。」

羊斗露出困惑的表情。

……原本進入自動筆記模式的月子，手忽然停了下來。

總覺得有些地方不對勁。

這應該不是自己想寫的東西。

就算世界上發生過這樣的故事。

可是我，這一個我，想要的劇情並不是這樣吧？

自己的意志要求停下來別繼續寫。對於放空腦袋，撰寫風格完全隨興的月子而言，這還是頭一次的體驗。

想了一會兒之後，月子刪掉了最後一段重寫。

我正想抗議時，手機忽然響起。羊斗嚇了超級一大跳，差點就要離開我。但我在那之前就將手機調成靜音模式了，羊斗絲毫沒有察覺這一點。我真是厲害，之類吧？

「星花……我再也忍不住了。」

羊斗的手有如禽獸一般亂揉我。

「——啊呼……」

嘆息從嘴脣呼出，胸口的跳動吵得讓人心煩意亂。

自己忍不住以雙手緊緊遮住眼睛。同時用力搖晃腦袋。剛才寫的根本無法直視。

接下來是別開生面中的柳暗花明，以前從未寫過的領域。總覺得我寫這些還太早，經驗值完全不夠，根本就是越級打怪啊。

但是——

月子深深吸了一口氣。然後緩緩放下遮住視線的手掌。

只要跨過這一關，似乎就能開拓不一樣的世界。加油啊我，向前衝吧。衝向閃耀的創作之星！

有如呼應加油聲，尾巴髮束轉了一圈，月子再度望向筆電。

看來今晚要晚睡了。

筒隱家的人很早起。

冬天凌晨五點，連品嘗苦澀的大吉嶺都草草了事。月子急著啟動瀏覽網路用的平板電腦。

硬是鞭策猶豫的指尖，點下『月夜的白貓亭』的留言板。就算不想看，也不能真的不看。現在可是別開生面的文風出現回應的時候呢。

——昨晚，月子在網站上貼出花了一整天完成的『王子殿下與我 EX-18 版』。

對月子而言，感覺就像拋出了一切。

羊斗好帥，好有男子氣概，主動展開攻勢。似乎有點太帥了。撰寫的時候為了冷靜火熱的頭腦，還不止一次兩次跑去淋浴呢。

自覺寫了一篇濃厚而充滿終極『真實感』的作品。

但是和之前的文風相比，沒有刻意取悅不知名的網友。因此有點擔心收到的感想。之前大力讚揚自己的讀者，如果翻臉不支持的話該怎麼辦？

月子緊緊閉上眼睛，然後，緩緩睜開。

覺悟結束——

『超棒的啊————！』

第一行映入眼簾的文字，是這一段。

『妄想了耶！』『覺得好像射了』『一想到身旁觀看者的心情就……』『管理員真是天才★』『和我一起看的姊姊口吐白沫暈倒了！』『可能比原作還棒喔』『職業級的吧？』『興奮啊！』『請當我的師父吧。』『好想趕快看二回戰』『之前說讓我看小褲褲是開玩笑的。』

——超受歡迎。

讀者的感想和之前沒什麼差別。不，比之前還要狂熱。

月子捲動畫面的時候，看到了某個暱稱。

『這種內容啊——雖然是很厲害啦，不過總覺得不怎麼樣。

by Little Beans』

就只有這樣，連星星都沒給。

完全看得出對方狼狽不堪的模樣。

「……嗯呼。」

月子總是面無表情喝著大吉嶺。不過拖鞋卻不停演奏著開心的斷奏，嗯嗯。

面向窗戶，成熟的我‧第二型態的身影映在玻璃中。

——不行，不能就此得意忘形。

月子拍了拍自己的臉頰。

還要，還要繼續，必須準備下一次攻擊才行。還得準備下一次再下一次的雷擊。以及準備下一次再下一次再下一次的轟炸。

我的戰爭裡沒有和談這兩個字。我要蹂躪，輾壓地蹂躪。只有連一根草、一隻螞蟻也不放過的徹底蹂躪，才能終結這場戰爭。

總之——先寄郵件給橫寺學長。今天放學後還要在公園見面才行。這是為了寫作參考，真的完全沒有絲毫任何辦法的。

「哈呼……」

剛剛拍打的臉頰感覺熱了起來。月子以掌心窸窸窣窣摩擦，然後忍住微微的呵欠。

自從『月夜的白貓亭』文風別開生面，已經過了半個月。

『王子殿下與我』系列以日刊連載的速度持續發表。月子寫了不少內容。

羊斗三番兩次追求星花，跳過求婚的詞句。甚至提及生第三胎的請求。

還有一起到台場去，在摩天輪的密室裡被羊斗做非常奇怪事情的情節。或是在井之頭公園乘坐小船，在橋下的陰暗處被羊斗做非常奇怪事情的情節。以及登上高尾山，躲在樹蔭底下被羊斗做非常奇怪事情的情節等。

這只是單純寫出實際體驗而已。因為橫寺學長是變態，都是他不好。變態真讓人傷腦筋啊，一逮到機會就出手。我完全沒有錯，所以可以專心寫作。

雖然題材取捨讓人傷腦筋，但完全不會妨礙寫作。

——可是。

「太神奇了……」

月子一邊準備早餐，同時歪著頭。

最近愈來愈沒有確認留言板的留言了。

自己並非失去對寫作的熱情，應該說完全相反。最近寫到停不下來，連續幾天熬夜也不足為奇。

但卻不想確認留言板的反應。既不想理會讀者感想，也不想管 Little Beans 的感想。這些通通都不在意。平板電腦在廚房餐桌上懶惰地睡大覺。

身為網站管理者，好像不應該這樣。

「……或許直接問問對方的感想也可以。」

月子望著漂浮在味噌湯裡快要碎掉的豆腐。然後『呼哈～』一聲打了個呵欠。

趁著第一堂課與第二堂課的空檔，來到二年級的走廊散步。正好遇見小豆學姊從教室走出來。

「哦，月子妹妹！我剛才和熟悉的朋友聊天，正好結束了話題。所以現在正好獨自一人呢，早安呀！」

小豆學姊一確認是月子，隨即朝空無一人之處揮揮手，演出道別的動作。看到她今天也很有精神，真是太好了。

眼看修學旅行即將到來。但為了避免學姊與舞牧麻衣孤獨一人，我也參加二年級的旅行陪她吧——月子心中這麼想。

「學姊，午安。」

月子帶著體貼的心情低頭致意，然後走向走廊尾端。

兩人交換完推薦的漫畫與文庫小說，以及ＤＶＤ。然後月子以像是偶然想起的口氣，說出「話說回來」。

「關於卡美拉的二次創作。」

「嗯嗯。」

「最近的白貓亭改變了創作方向呢，小豆學姊有什麼看法呢。」

「白貓亭……？哦，月夜的白貓亭，對吧？」

小豆學姊皺著鼻頭沉思了一下，之後拍了一下手。

然後若無其事，

「我沒告訴過妳嗎？因為那裡和我的興趣有點不合，因此最近沒在關注了，抱歉喔。」

毫無惡意地笑著。

「……沒在關注，怎麼說呢。」

「最後一次去那裡，是連綠蠵龜看了都會睡著的等級呢。大概三個月前吧？還是半年前？妳說那裡改變了方向，變成什麼樣子呢？」

「……不，沒事。」

月子眨眨眼睛，搖了搖頭。

長了腳的問號在腦海裡來回奔馳。太奇怪了。這和留言板發文的時間兜不起來。照理說不應該這樣吧。

「怎麼了……？」

逆轉無罪者小豆訝異地歪著頭。

首先驅散兩人之間沉默的人，是小豆。

「不過，這個呢，對了！好久沒去逛逛了呢！」

「……還是別去比較好。雖然改變了寫作方向，但是管理者完全沒有考慮來看網站的人。只是一個勁地想寫什麼就寫什麼。我認為應該還是不合小豆學姊的喜好。」

「那更要去逛逛囉，因為這樣比較有趣呀。可以感覺到不受他人影響的能量呢。」

「不受他人影響……」

「對呀，因為自己開心而寫，為了取悅自己而寫。和其他因素沒有絲毫關係。純粹為了自己，透過自己，只屬於自己的創作。從自己起始，到自己結束的自我完結。二次創作……不，任何創作原本不都是這樣嗎？」

——原來如此。

原來是這樣啊。

「沒、沒有啦！會不會像逞強的獅子一樣，話說得有點太滿了呢……欸嘿嘿。」

「…………」

「月子妹妹，能不能不要睜著大眼睛盯著我瞧呢……」

月子像是遭雷劈般呆立在原地。茫然地仰望天真無邪而聰明的學姊露出的笑容。

自己不想再理會感想，肯定就是因為這樣吧。

不是為了『陌生的網友』而創作。我只要為了自己創作就夠了。

不是為了得到別人認同而創作，只是因為寫作很有趣。

似乎有種從肩膀放鬆力氣的感覺。

「唔……對不起，抱歉剛才自以為了不起。我道歉，拜託妳說點什麼嘛……」

月子莫名地露出神清氣爽的表情，從走廊上仰望天空。

和煦的冬日陽光平等而柔和，溫暖了窗內和窗外。

——如果要追加的話。

最近會寫得這麼順手，也是因為和某人的實際體驗。以及既成事實不斷累積而感到開心的緣故吧。

這一點確實受到認同，就是成熟的月子真正成熟的最好證據。

之後月子再度確認網站，瀏覽人數足足多了一位數。

留言板的感想已經多到無法徹底管理了。

『興奮了耶！』『好像射了呢』『想到之前讀者的心情就……』『管理員與天才只有一線之隔』『姊姊召開了家庭會議！』『原作已經無關緊要了』『告知一下職業名義的作品吧』『萬歲！』『請成為神吧』『好想趕快看前傳之類的故事』『我不會再說小褲褲

給我看了原諒我饒了我吧』。

諸如此類，諸如此類。

……比前一時期更加褒貶兩極。

不過月子並未受到打擊。

因為創作就是這樣啊。

現在也不會刻意去尋找Little Beans的感想了。

因為他不是敵人，和自己同樣是卡美拉系列的粉絲。

如果那是自己身邊的人留言，當然多少會在意。不過這種事情當然不會發生。在這麼寬廣的網路社會裡，究竟有什麼好懷疑的呢。

我很自由。從真正的意義上而言，真的很自由。

不受任何人束縛，不受任何人干涉。寫出自己想寫的東西。

沒錯——我是成熟的女性創作者！

「啊呼……」

月子有如條件反射，對著鏡子擺出豹女姿勢，才用力搖搖頭。

現在不是做這些事情的時候，得趕快穿衣服。

因為今天是星期天，也是為了每日創作而收集題材的日子。

而且某人會來到家裡。

月子打扮得漂漂亮亮出門迎接。結果橫寺學長的表情卻一臉凝重。

走過大房間，只見學長坐立不安地左顧右盼。月子告知姊姊不在家後，學長這才開口。

「……我有一件相當重要，和我們有關的事情想談談。」

「咦。」

吸入不少氣味，勤於補充能量的月子嚇得抖了一下。然後再度盯著學長的表情看。

學長似乎說了很不得了的事情。

——和我們兩人有關，重要的事情，想談談……？

最近的確頻繁和學長在一起，到處出遊，還做了不少奇怪的事情。雖然是『王子殿下與我』系列開始連載後的事情，但兩人的距離大幅縮短。黏在一起濃情密意合而為一，還手牽著手。甚至和學長共誓將來，等不及要去市公所遞交證書了呢。

難道。

難道中的難道。

今天終於要『射』門得分了嗎？

應該更加按部就班才對。我才不是這麼廉價的女人。已經告訴過親朋好友了嗎。但是時機也很重要。

能叫橫寺月子最棒，不過筒隱陽人似乎也不錯，萬歲萬歲。同居的話就更容易累積氣味計量表了，但我們還是高中生耶。要生幾個小孩呢。生女孩的話可以取名星花喔。萬歲萬歲萬歲萬萬歲——

月子百人委員會的討論成員，在腦海裡七嘴八舌你一句我一句。

不行，我要維持冷酷啊。

自己不能便宜嫁出去。

能不能掌握主導權，會決定往後人生中誰要聽誰的喔。

月子緊緊揪著自己最好看的格子百褶裙裙襬。

百人委員會做出全體意見，首先以裝傻靜觀其變。

「……學長說想談談，但我不知道學長想談什麼。」

「該從哪裡開始說呢……最近有沒有什麼奇怪的人在妳身邊亂晃？」

「奇怪的人，是嗎？」

月子微微歪著頭疑惑。好奇怪，真的聽不出來學長想表達什麼。

「意思是指學長自己嗎？」

「好過分！我哪有奇怪！」

「是沒錯。寫做奇怪，念做變態。」

「就說不是了啦──那麼有沒有可能被偷拍呢？」

「有可能被學長偷拍。」

「才沒有好不好！我還沒成功耶！還是無辜的！」

「正確來說那不叫無辜，叫做未遂。」

「沒有啦。既然月子妹妹妳沒印象，問題可能還是出在我身上……」

「學長，你從剛才究竟在說些什麼呢。」

「這話有點長喔。」

橫寺學長掏出手機，開始若有其事地操作。表情看起來不像提出一生一世求婚大事的人。

……總覺得和原先預想的對話流程不一樣。我的光輝燦爛未來究竟到哪裡去了呢。

「哎……」

月子有些失望，沮喪地嘆了口氣。

──所以之後的話沒有仔細聽進去。

「──所以說，我知道妳會認為我想太多。可是一般而言，情況會吻合到這種程度嗎？比方說我們剛從電影院出來。隔天小說就必定以電影院為舞臺，連我們的對話內容到中途都幾乎一致。雖然最後跳針到別處，但肯定是被人見到後加以模仿吧。」

「是嗎……」

「當然啦，一開始在留言板上發文『讓我看小褲褲』的我有錯。但我是覺得這種文體很可愛，才會給這種最高級的讚美詞。結果管理員為了報仇，竟然將我們的日常生活寫成連載小說，再怎麼說這樣也太超過了吧？」

「是嗎……咦。」

就在月子隨口回答時，橫寺學長的話題朝出乎意料的方向發展。

眼前是學長的手機。

畫面上顯示出某個網站做為證據。

網站的字型設計好像在哪裡見過。

赤裸裸描寫某隻與某人之間互動的二次創作。

……等等。

稍等一下。

現在心中，有非常不好，的預感。

「這就是那個問題網站。我看看，叫做『月夜的白貓亭』。」

「噢噢原來如此我完全頭一次見到呢好可怕喔。」

「嗯？這也難怪啦，的確很可怕。該怎樣才能讓管理員停止跟蹤狂行為呢。我猜管理員該不會離我們非常近吧……月子妹妹？妳的臉色有點……沒事吧？」

「我完完全全絲絲毫毫徹徹底底沒事沒問題的。」

「那就好。然後呢，這個網站的管理員肯定每天都在想奇怪的事情。每天都在妄想，動不動對著鏡子咧嘴笑。只要尋找這種傢伙，屆時一定能揪出……哎呀，月子妹妹……？妳的全身都在不停發抖呢，沒事吧？」

「我真的沒事很好平安ＯＫ的。」

「噢，嗯……還有剛才提到管理員。他是個頭腦有問題的變態，所以妳得多多留意喔。變態中的變態，大師級的變態。而且絲毫沒有自覺自己是變態的變態……月子妹妹妳怎麼了!?為什麼暈倒了!?而且還口吐白沫，啊哇，啊哇哇哇！」

筒隱家的夜晚很漫長。

「啊嗚啊嗚啊嗚……」

月子撐著睡眠不足而腫大的眼睛，拚命敲打鍵盤。

必須刪除自己與自己的網站存在的所有痕跡。只要一天沒從網路海刪除乾淨，月子就一天無法安眠。

加油啊月子，別輸啊月子。

直到總有一天，成為真正成熟的女人為止！

封面草稿
Cover Rough
Tsukiko Tsutsukakushi
筒隱月子

中場Ⅱ

「哈哈哈！」

朋友拍手大笑。

她平時都不發出聲音微笑，看起來有點可怕。現在難得笑得這麼開懷。

「她的舉止真是滑稽呢，人果然是有歷史的……」

最後還捧腹發出『嘻～嘻～』的聲音，好像壞掉的吹風機。她正為了腹肌抽筋的痛楚哀哀叫。

不時感覺到四周有人窺看我們。

是散發殺氣的考生戰士。他們盯著我們的視線有點難熬。

「……休息一下。」

我隨即拉著朋友的手，離開自習室。

這棟大樓包含中央圖書館與自習室，還有在地廣播電臺。另有提供市民租借的會議室、小型劇場、多目地空間。以及迷你劇院、露天餐廳或咖啡廳等設施，分布在各樓層。一點也不辜負綜合文化設施之名。

寬廣的電梯大廳空間角落，設置了金屬製的小型長凳。

我們兩人坐在長凳上，朋友這才逐漸停止笑聲。

「抱歉抱歉，剛才完全戳中了我的笑點。」

她以寬大的袖子擦拭泛起些許淚光的眼角。

「不過彼此可以分享這種糗事，代表妳們感情真的很好呢。」

「是嗎？」

我歪著頭表示。但我只是擺個樣子，心想可能真的如她所說。其實我們的感情很好。

「下次想聽聽有妳登場的趣事呢。」

「沒有。」

「其～實～有～吧～？」

「沒有就是沒有。」

她究竟在期待什麼啊。我的人生和有趣毫無關係。別看我這樣，我可是品行端正呢。

「真是逞強喔……？」

我果斷搖頭否定，結果朋友卻露出討厭的眼神。雙手做出龍抓手的姿勢，宛如真的威脅我一般。這裡可是公共場合，拜託手不要伸進我的衣服裡。

「……那就聊聊不久之前的事情。」

於是我心不甘情不願地打出自己僅有的牌。

這個故事與結婚有關——

奔跑吧！鋼鐵

筒隱筑紫非常生氣。

她下定決心，必須除掉鋼鐵之王才行。

鋼鐵之王不懂外語。是大名鼎鼎的田徑社傳統美女。率領學弟妹，不斷以提升高中整體的田徑成績為目標。而她對學問也比別人加倍熱枕。

東邊如果有學弟妹無法提升田徑成績，她就去提供建議。西邊如果有同學上課聽不懂，她就去照顧同學。鋼鐵之王在學校很受歡迎，不論走到哪裡都有尖叫聲此起彼落。

在學校屢屢受到他人的告白。每一次我都宣稱自己不屬於任何人。反覆冷淡地拒絕後，讓鋼鐵之王的霸氣愈來愈強。

王不懂人心。王就是王，位於他人之上。即使不通人情，也依然會負責引導眾人吧。所有人都對王讚不絕口。

鋼鐵之王很完美。

正因如此。

筒隱筑紫才下定決心，必須除掉鋼鐵之王。

高三秋季。

眼看幾個月後就是大學入學測驗。任何阿貓阿狗在這時期都會坐在書桌前念書。

鋼鐵之王有一雙跳得比阿貓更輕巧的腳，一張喝水比阿狗更豪邁的嘴。更不用說還有自豪的優秀頭腦，連阿貓阿狗一起上都不是對手。

——連阿貓阿狗都在用功念書，更何況是王。

鋼鐵之王天天跑圖書館的模樣，就在眾人口耳之間流傳。

沒有人敢打擾她。

每當尊貴無比的王進入圖書館，任何人都不敢說悄悄話，並且快步離去。

不論在教室，在操場，或是上學路上，王隨時都受眾人崇敬。因此對她而言，圖書館是唯一的休息之處。

「唔……」

今天鋼鐵之王同樣獨自坐在自習用的櫃檯座位，面對雪白的牆壁。

無精打采嘆了一口氣的王，甚至沒從書包取出參考書。

取而代之，一本雜誌大刺刺地在桌上攤開。

雜誌名稱是Zex（打馬賽克）。（註6）

厚度足以當成物理性攻擊的鈍器。堆在男朋友的房間內，還可以向男朋友的精神施壓。理論上堪稱芳齡女孩能裝備的最強武器之一。

印在對開頁面的內容是結婚典禮特輯。鋼鐵之王仔細端詳內容，不知道過了多少時間。

「……好想。」

嘀咕的聲音在圖書館裡，聽起來格外響亮。

王有些著急地環顧四周，確定沒有人注視自己，才吁了一口氣。

然後王再度看向雜誌。純白的禮服、華麗的頭冠、可愛的花束，都在單方面爆擊內臟。

心情一旦放鬆，就再也無法繃緊神經。

「——好想結婚……」

這次鋼鐵之王清晰地說出口，眼中浮現陶醉的神色。

好想結婚。打從心底想結婚。真的很想，不是普通的想。

王畢竟也是人，還是女孩子。

註6 日本知名結婚資訊雜誌，別名催婚雜誌。

既嚴格又溫柔地養育王的母親，是十分粗線條的人。但是毫無疑問，她愛自己的丈夫。她極為重視自己身穿結婚禮服的照片，心情好的時候還會向王炫耀。

可能受到母親的影響。王從懂事以來，就對結婚禮服有非比尋常的嚮往。

南邊有舉辦婚禮試吃活動的餐廳，就和妹妹去吃足一年份的美食。北邊有小教堂舉辦試穿禮服活動，就和妹妹去拍夠一年份的照片。

關東甲信地區，一都八縣都盛傳筒隱家有兩個專門破壞典禮的剋星。不知道有多少會場經理一把鼻涕一把眼淚，禁止兩姊妹入場。

拜託您趕快找對象嫁了吧——然後別再來搗亂了——聽到對方如此懇求，連鋼鐵之王都對結婚感到心動。

以前在學校內極力抗拒追求的男生，拒人於千里之外。其實也是因為保護年幼的妹妹，心愛的筒隱月子。

不過已經足夠了吧。

月子很快年屆十六，可以獨立自主了。

姊姊想舉辦結婚典禮，妹妹沒有理由不答應。

可是——

「不好意思，社長，方便打擾一下嗎？」

有人從圖書館後方謹慎地呼喊自己。

「可以。」

筒隱筑紫緩緩轉過頭。

面前是最近經常見到的學弟。

他叫橫寺陽人。

容貌端正，溫和謹慎，會積極面對所有發生的事情。

即使在社團內，他也經常在泳池旁邊的水泥牆做伸展操。而且做得比任何人都仔細。鋼鐵之王每次看到他，就會下意識地微笑。

「抱歉打擾社長念書。關於下週的社團活動，由於天氣不好，而且接近地區大賽。我們正在與別的運動系社團針對禮堂使用權——」

橫寺一邊解釋，同時視線望向桌上。

「……社長，那是？」

確認攤開在桌上的雜誌後，橫寺感到不可思議地眨眼。

「嘿喲——看招!!」

「哇啊————!?」

鋼鐵之王輕咳了一聲，跟著伸手掀翻桌子。她將桌子扛在肩上拋出去的模樣，讓人聯想到扛著斧頭的金太郎與熊相撲。

沒理會嚇得發抖的學弟，鋼鐵之王從地上撿起雜誌，雙手緩緩抓著。

「因為要鍛鍊臂力，就必須像這樣撕開雜誌。」

「噢，原來如此——等等，不可以撕破學校的雜誌吧!?既然社長要拉扯，就請拉扯我身上重要纖細又頑皮的地方吧！」

「重要纖細又頑皮？」

「我總覺得社長的手手剛猛無匹，能帶給我更進一步的體驗……」

「更進一步？」

「啊、啊，不行，沒辦法再拉長了。真的不能再拉長了。不行，不行不行，再拉下去救上太空啦，要變成雙胞胎大象啦——！」

橫寺的背脊像電動按摩棒一樣抽搐，還上下抖動。他到底在想像什麼啊，視線在半空中游移不定。口水甚至從嘴角流下來。

感覺好噁心。

而且這是常有的事。

橫寺應該在親身表示暴力不講理的一面吧。不論怎麼找藉口，我剛才的確對無辜的紙媒體做出很沒禮貌的舉動。

鋼鐵之王深刻反省，將桌子放回原本的位置。

「橫寺……看來你又教了我一課呢。」

「啊，是嗎……？」

見到王面露微笑，橫寺陶醉地歪著頭。

這個學弟偉大之處可不止於現在。

學生會同學要在高處貼海報時，他會率先幫忙扶穩椅子。管弦樂社使用的音樂教室，他堅持彎腰擦拭第一階階梯。還會將女網社的球場擦得像鏡子一樣閃閃發亮。

鋼鐵之王經常見到他一視同仁，親切對待女生。

這樣正好，她心想。

要調查目前最重要，最優先的重點，他是最適合的對象。

「話說橫寺，萬一，不，應該說億分之一。」

「嗯，請問有什麼事嗎？」

「如果我說要結婚的話，你怎麼看？」

詢問的語氣非常自然。

結果橫寺露出潔白的皓齒。

「——肯定不可能！」

「不可能……」

筒隱筑紫搗著臉。

他回答得也太快了。實在太殘酷了。

這就叫養老鼠咬布袋，疼學弟咬自己吧。

「啊，不、不是啦，社長!?我不是那個意思！是因為影響範圍太大，很難說結婚就結婚！」

橫寺慌忙揮手，說出自己想到的意見。

「比方說麻衣衣……舞牧副社長就有可能抓狂吧？」

「是這樣的嗎？」

「以社長您為首，她有幾位重要的兒時玩伴。並且負責保護所有人免受外敵的騷擾。」

副社長舞牧麻衣，是比筒隱筑紫小一歲的兒時玩伴。

兩人念小學的時候相遇。第一次見面的時候就大吵一架，打得驚天動地。後來兩人一直是好朋友。

「其他田徑社員聽到社長要結婚，還是會驚訝吧。雖然沒有麻衣衣那麼誇張。畢竟大家都認為鋼鐵之王神聖不可侵犯，與結婚這兩個字無緣。」

「無緣……」

筒隱筑紫再度摀臉。

不可能，無緣。如今終於明白了。

其實之前自己就依稀這樣猜想。

最近向自己表白的人數大減。取而代之，許多人遠遠圍觀，對自己畢恭畢敬。宛如敬而遠之。

鋼鐵之王不懂人心。王與一般人不一樣。

這種評價應該已經無人不知了吧。

「是王的錯，王是萬惡的根源……」

自己嘴裡喃喃自語。

眼眸中颳起激動的風暴。筒隱筑紫其實是很單純的女人。

從遠方傳來，

——不過和這樣的女孩結婚也是男人的浪漫，嘿嘿嘿！

橫寺大逆不道的這句話。不過筒隱筑紫完全沒聽進去。

「可悲的王。不能再讓王活下去。」

自己對結婚禮服的嚮往已經如脫韁野馬，再也按捺不住。

要除掉自己身為狡詐暴虐之王的一面。排除障礙，朝夢想中的結婚邁進。

當天晚上，筒隱筑紫當著妹妹的面下跪。

「能不能給我三天的自由。」

正好從明天開始放三天假。

這還是頭一次要求放下十幾年來天天照顧妹妹的工作。純粹為了自己而過。一定要趁這段期間掌握所謂的女子力，擺脫邪惡之王的傳聞。

月子緊緊注視姊姊五體投地，懇求自己的模樣。

「姊姊……」

姊姊是女生但更是考生，不是應該準備考試嗎？

這句話月子實在說不出口。

自己知道，這個世界的姊姊一直認真用功念書。

況且以前一聽到哪裡有婚禮試吃活動，自己就從前一天調整腸胃。然後像秋風掃落葉一樣將所有能吃的都往胃袋宇宙塞。所以自己也要負一部分責任。

想起吃飽喝足，心滿意足的幸福回憶。月子決定盡可能為笨拙的姊姊加油。

「應該說三天就足夠了嗎？」

月子表情認真地詢問。不論估得再寬，應該也需要更多時間吧。

「三天就夠了！小事一樁！」

筒隱筑紫拚命解釋。

「我是遵守約定的人，所以給我三天就好。如果真的無法相信我，那也無妨。我已經事先約了舞牧麻衣來到家裡，她是我獨一無二的朋友。我會留下她當成人質再出發。」

「人質。」

「三天後的黃昏，我必定掌握女子力。如果屆時我沒有回來，妳可以勒死她。」

「勒死。」

「拜託，全靠妳了。」

於是事情就這樣決定。

三天連假前一晚，星期五晚上。

麻衣衣帶著自己的睡衣與枕頭，興高采烈喜孜孜地來到筒隱家。然後筒隱筑紫告將所有事情告訴一無所知的閨密。

「我當人質!?」

舞牧麻衣聽得大吃一驚。

被叫來作證的橫寺歪著頭。

「勒死人家會不會太粗暴了啊？」

「這只是比喻。但麻衣畢竟也是女人。假設我沒有回來，肯定也做好了心理準備。要燉要烤要剝都隨你處置。」

「剝光麻衣衣後抱抱，然後再共度良宵……哦……」

「我哪有啊！根本沒有！毫無任何心理準備！」

舞牧麻衣突然發難，結果被横寺綁得緊緊的。

「社長——見到您如此坐立難安，連我都好感動！」

然後横寺熱切地握住可愛的學姊雙手。

「請社長在第三天夕陽西下前趕回來，因為下星期有地區大賽。啊，其實超過三天也無所謂，我們會幫社長 hold 住比賽。我和麻衣衣兩人，攜手合作，嘿嘿。我會從頭到腳，從前到後好好幫助她的，嘿嘿……」

「哦，横寺。我心中的朋友，你願意向我保證嗎？」

「真要說的話，社長最好晚一點回來。我們會趁社長不在的大好機會『登大人』。唔嘿嘿嘿，真傷腦筋啊……」

「社長！妳看看他的眼神！這是人的表情嗎！他的眼珠就像野獸一樣，見到甜點端上桌後還舔嘴脣耶！社長!?」

動彈不得的舞牧麻衣歡喜地呼喊。

「放心吧。」

「放什麼心啊！有什麼好放心的!?事關清白！社長追求女子力會害我失身耶！」

筒隱筑紫緊緊摟住舞牧麻衣。

「麻衣堤烏斯，我絕不會白費妳的心意。」

「聽我說話！社長拜託聽我說!?誰是麻衣堤烏斯啊!?社長這樣等於將我吊在飢渴的野獸面前耶！」

筒隱筑紫面露微笑。舞牧麻衣很會開玩笑。好閨密之間的互動真美好。彼此不需要多餘的言詞。

「嗚嗚……」

她向一臉神祕，緊盯橫寺的妹妹點了點頭。

「月子，詳情就交給妳安排了。」

「……明白。姊姊將許多事情，大事小事都交給我安排。」

然後姊妹彼此握手，一言為定。

隨後筒隱筑紫立刻出發。

初秋，滿天星斗之下。

當天晚上筒隱筑紫完全沒闔眼，快馬加鞭趕了十里路。因為她不知道晚上可以在車站搭乘夜間巴士。至於計程車？總覺得有點可怕。因為從小受到太好的保護，導致

人相撲

她對外界一無所知。

隔天上午她才抵達成田機場。太陽已經高掛空中，大家早就開始忙進忙出。

為何要去成田機場？

原因有二。

首先，提到結婚就想到成田。她不知道為什麼，但就是這樣。

其實是筒隱筑紫不記得了。多半是小時候和母親一起看電視劇重播，受到影響的關係。

在成田機場大吵一架的男女，幾經曲折後再度在成田機場破鏡重圓。然後兩人擁抱，二度結婚。

包括丈夫在內，母親筒隱采咲原本就與外國有深厚的緣分。她可能特別喜歡這部電視劇，總是百看不厭。母親看劇時的側顏就這樣，深深烙印在筒隱筑紫的腦海中。之後只要提到結婚，就想到成田機場。

雖然那部電視劇名叫『成田離婚』，不過問題不大。

其次，是因為Zex（打馬賽克）特集。

最受男性喜歡的職業排行榜——超重要專欄的名稱好像是這樣。筒隱筑紫曾經仔細確認過。

有保姆，護士，公務員。在眾多常見職業中，奪得桂冠的職業是——

「西ㄟ？這裡應該有吧……？」

ＣＡ。沒錯，她的目的就是空勤。

筒隱筑紫分不清地勤與空勤的差別。只知道在機場忙進忙出的人員，她們的領巾十分時髦。

就在她以猛禽的眼眸，仔細注視可能是女子力泉源的脖子時。

手邊的電話響了。

是妹妹在出發之前硬塞給她的。

「什麼事？」

「早安，姊姊目前人在哪裡呢。」

打電話的是月子，她直接開口詢問。

「我在成田機場。」

筒隱筑紫戰戰兢兢回答，卻沒有挨罵，月子也沒有詢問原因。而且月子還嘀咕了一句『果然』。

「行李已經送到了，請姊姊到領取處拿吧。」

行李是什麼意思？

即使筒隱筑紫反問，月子也沒有直接回答。

「有什麼麻煩就確認行李吧。一切都不用擔心。」

說完月子便掛掉電話。

成田機場第一航廈南翼的四樓角落，指定的行李領取處位於此地。

狹窄的櫃檯下方印著公司的商標圖案。是黑貓，棲息在大和之地的黑貓。

不過總覺得這隻貓似曾相識。

胖嘟嘟圓滾滾，一臉笑咪咪地向自己招手。

簡直——就像沉眠於一本杉山丘的不笑貓像。

筒隱筑紫眨眨眼，反覆揉了揉眼睛。

再度睜眼後，果然見到的是普通的黑貓。

「嗯……？」

排隊等待輪到自己後，筒隱筑紫告知櫃檯人員來意。對方回答『請稍後片刻』後，動作熟練地辦理手續。

然後交給筒隱筑紫一個巨大的提包。

重到連兩名職員都搬得搖搖晃晃。普通女孩根本連拖都拖不動。

當然，鋼鐵之王並非普通女孩，甚至不算人類。

「嘿喲！」

她就像人盡皆知的金太郎一樣，輕巧地扛起提包。

「哦……」

在讚嘆的眾人目送下，筒隱筑紫大跨步離開隊伍。路過的外國遊客不停拍照，嘴裡驚呼『噢，日本金剛力士女孩……』。

這種行徑真的與提升女子力有關嗎？

在她心中浮現疑問時——

「……！——……！」

肩膀上的提包卻開始掙扎。

難道是小精靈嗎。精靈僕人該不會混在行李內吧。

筒隱筑紫是喜歡奇幻故事的普通女孩。不論扛起學校的書桌丟出去，或是扛起兩包米重的提包，她依然是女孩，不是王。

她將提包放在附近的椅子上，充滿期待地拉開拉鍊後——

「……唔！唔——！」

發現嘴被堵住的橫寺陽人在包包裡。

俗話說害人終害己。

橫寺將舞牧麻衣捆起來後，自己被更加粗暴的手段五花大綁。手腕、腳踝、雙手雙腳、眼睛嘴巴全都綁得緊緊的，被塞進提包裡。這是綁架慣犯的常用手段。

嗚嗚叫的橫寺肚子上，放著一張宛如犯罪聲明的明信片。上頭只寫了『給姊姊』

三個字。這究竟是誰的傑作呢。

——到底是怎麼回事啊。

就在筒隱筑紫困惑時，發現附近機場職員眼神犀利地接近。

她急忙拉上拉鍊後轉身。

「這位旅客，請問您有什麼麻煩嗎？」

「沒有，絕對沒有。」

「請問您已經辦好了登機手續嗎？」

「ㄉㄥ ㄐㄧ。」

「……請問您搭哪一班次呢？」

「ㄅㄢ ㄘˋ。」

「……能不能看看您的護照號碼，或是登機證呢？」

「ㄏㄨˋ ㄓㄠˋ ㄏㄠˋ ㄇㄚˇ。」

聽到對方流暢地說出陌生語言，筒隱筑紫只能鸚鵡學舌般回應。才色兼具、文武雙全的鋼鐵之王唯一的弱點，就是外語與片假名詞彙。

「這個……」

機場職員一瞬間皺眉，隨即再度露出職業微笑。可能將自己當成外國人，對方以英文、中文和西班牙文重複剛才的問題。

就是現在，筒隱筑紫心想。

現在就是展現平時努力的成果。

自己不能老是躲在母語的溫室內。多虧升學考試，自己的英文大幅進步，現在該拿出來秀一下。

「……諾……阿天東特（no attendant）……阿威，阿天東特（away attendant），夠，普立茲（go please）……」

我只是在觀察空勤，學習提升女子力而已。

筒隱筑紫原本想表達這個意思。

結果機場職員點點頭，臉上的微笑更濃，

「（有什麼需要幫忙的嗎？）」

完蛋了。

鋼鐵之王仰天絕望。這時候一張紙片飄到她的腳邊。

撿起來一瞧，發現有點像剛才放在橫寺肚子上的明信片。

『碰到麻煩的話就給別人看。』

除了可靠妹妹的筆跡，還有寫得滿滿的不知名內容。

「阿天東特（attendant）……」

筒隱筑紫將其當成救命稻草，讓機場職員看。

似乎還附上幾份文件。機場職員確認留言與附加的文件，略為思考後望向筒隱筑紫。

雖然完全聽不懂對方在說什麼，不過得知，

「——雅典？」

話中一直反覆這個聽不懂意思的單字。

思考了一會，聰明的王在腦海裡得到答案。聽說業界特有的委婉用法，與一般人平常說話時的用語經常不一樣。

換句話說，對方說的話也是這樣。

「耶斯！耶斯！埃姆，阿天，東特，夠夠！」

「是的！是的！已經確認您前往雅典的班機了！」

「阿天東特！」

「是雅典喔！」

雙方似懂非懂，僵硬地握了握手。

之後的通關十分順利。

筒隱筑紫在帶領下來到櫃檯，並在職員敦促下託運提包。然後秀出事先準備好，放在外口袋的護照，接過名叫登機證的奇妙紙張。辦妥必須手續後通過出境安檢。

搞定出國手續後，再度向附近的職員告知資訊，在引導下前往登機門。

高級名牌店的免稅商品琳琅滿目。店門口聽到旅客們五花八門的各國語言。

不論耳聞或眼見，幾乎都是第一次。準確來說，七歲那一年來到日本的時候也見過。不過當時完全仰賴隨行者的幫忙。

在筒隱筑紫新奇地環顧四周時，聽到有人喊自己的名字。回答後以手中的票券刷過機器，行經狹窄的通道——不知不覺中。

進入一架外觀可疑，還有一對翅膀的交通工具內。在自己發愣之際，被塞進超級狹窄的座位上。

「怎麼回事……？」

事到如今，王首次大方地歪頭感到不解。王絕不會焦急，舉止悠哉地嘗試掌握現況。

縱向長形的交通工具軀體部分，座位分為三、四、三排。自己目前坐在靠窗座位上，究竟是什麼情況呢。

就在王舉起手，向懂得人確認的的一瞬間，

「——哦！」

鋼鐵之王頓時睜大眼睛。

脖子上圍著方巾的成年大姊姊，面露微笑走過來。
之前千呼萬喚的空勤，就在這麼近的距離。
於是迅速果決地判斷情況後，王的灰色腦細胞靈光一現。
這裡是——觀察空勤的設施。
在這裡可以觀看、學習她們，盡量獲得女子力到膩為止。這是上天的引導啊。回想起來，機場職員好像也反覆提到「雅典！」或是「觀光！」等詞彙。
此設施的主人，空勤人員就像時裝秀一樣反覆在通道來回。連自己座位旁邊都有尚未念小學的少女，露出充滿期待的眼神。
「請問您要使用嗎？」
機靈的空勤遞過一條毛毯，筒隱筑紫便不停點頭。這種不經意的關心就是女子力的關鍵。
就在筒隱筑紫和幼童一樣，雙眼露出欽羨不已的眼神時。隨後交通工具傳來喀噠喀噠的啟動聲。
透過狹窄的窗口抬頭仰望，只見烏雲籠罩天空，細小的雨滴不斷拍打玻璃。隨後迅速變成傾盆大雨，配合震動的座位，筒隱筑紫感覺不太吉利。
話說——不知為何感到極度疲倦。
鋼鐵之王是難得的超健康兒童。純粹是因為熬夜跑步太離譜了。

筒隱筑紫靠在座位上，將毛毯拉到肩膀蓋好，同時僅以嘴模仿空勤的微笑。

不知不覺中，她便進入了夢鄉。

直到有人搖晃自己的肩膀，筒隱筑紫才醒來。

只見空勤臉上對筒隱筑紫露出雕像般的笑容。

周圍已經空無一人。無人的座位像吃剩的野獸殘骸一樣，散落四周。

「怎、怎麼回事……！」

南無阿彌陀佛，到底發生過什麼樣的慘劇。筒隱筑紫慌張不已，卻在空勤的職業應對下迅速被趕出機外。

「什、什麼……！」

然後受到第二次衝擊。

這裡已經是黃泉之國。

這片異世界籠罩在一點也不像秋天的異樣熱浪與陽光下。還受到神祕不可思議的文字與不可解的語言統治。

筒隱筑紫戰戰兢兢確認被迫帶來的手機，發現是萬物沉睡的三更半夜。

「怎麼會，怎麼會！」

根據太陽的位置，現在應該是白天。被拉進陰間的時鐘顯示著明顯有異的時間。即使筒隱筑紫以顫抖的手指撥號，電話也完全打不通。

不論問任何人，但所有人的動作都像惡鬼羅剎一樣，只會指著黃泉路。

腳步蹣跚地拖著推車，筒隱筑紫無可奈何地與活死人一同排隊。由一群排排站的閻羅王蓋上入境章後，等待眾人的是地底樓層。巨大的冥界式傳動帶還發出轟耳欲聾的吼聲。

頭頂上的牌子以希臘語寫著『行李領取處』，筒隱筑紫當然看不懂。

在空勤觀察設施睡著後，自己中途就沒醒來。

所以現在即將透過那條傳動帶，分發至各個地獄內——筒隱筑紫不得不這麼想。

提高女子力的冒險，怎麼會變成受邀至黃泉陰間的單程票呢。

「這、這實在太殘酷了……」

筒隱筑紫一臉失魂落魄，茫然注視著幽冥界，偶然。

彷彿發現不笑貓的輪廓映入眼簾。

急忙揉了揉眼睛。毫無疑問，是那個提包。

之前在成田機場時，不知不覺弄丟了。拉鍊上掛著月子親手製作的貓鑰匙圈。

如此天賜的神明指引，卻在地獄的機器運轉下逐漸遠去。

「等、等一下……等等，等等啊！」

筒隱筑紫緊緊抓住即將遠去的提包，摟在懷裡走在角落。心裡有種預感的她，顫抖著拉開拉鍊一瞧，

「㖼！㖼——！」

被五花大綁的學弟果然塞在提包裡。

「橫、橫寺！」

「……㖼!?㖼噢㖼啊——!?」

「橫寺，太好了，橫寺……！」

不知不覺中，筒隱筑紫緊緊摟著橫寺陽人。

世界在筒隱筑紫睡著的時候劇烈變化。徘徊在語言不通的死者往來的異世界中，給人絕對的孤獨感。可知她感到多麼恐懼與絕望。

不論眼見耳聞，全都讓人聯想到死亡的異國。這時候碰到唯一熟識的對象，那該有多放心啊。

筒隱筑紫摟著可愛的學弟嚎啕大哭。宛如再也不放手的寶物，緊緊摟著學弟的她哭個沒完。

就像在地獄裡見到佛祖一樣。

「我被騙了……！我被月子妹妹騙了！」

終於從提包中獲釋的橫寺陽人，氣得連肩膀都在發抖。

嘴邊還有清晰的膠帶痕跡，他還不時摩擦被緊緊捆住的手腕。

「社長聽我說，月子妹妹太過分了！居然玩弄純潔的男人內心！」

「唔……？」

「社長出門後不久，我就發現許多誘惑的花邊褲褲每隔一公尺掉在走廊上。然後我歡呼一聲依序撿起來，卻發現自己跑進籠子裡。最後見到的是面無表情，揮動球棒的月子妹妹，以及貓的笑聲……」

氣噗噗的橫寺邊說，同時他的口袋裡塞滿了花邊的輕飄飄布片。好像還有經常在自己的櫃子裡看見的內褲，但這種事情怎麼可能發生呢。區區內褲有什麼收集的價值啊。

「話說這裡是哪裡啊？難道是在希臘？雅典？為什麼？」

「不知道。」

筒隱筑紫反射性搖搖頭，對自己說的話感到失望。

沒錯，自己根本一無所知。

都已經快成年了，卻什麼也不會。對自己的沒用實在太失望了。當年向母親發誓過要出人頭地，這下怎麼面對呢。

「……社長，放心吧。」

「唔……？」

「別看我這樣，我很擅長肢體語言喔。因為我透過各種影片，學了很多身體交涉的技巧！」

看著開朗地哈哈笑的學弟，筒隱筑紫覺得有東西從自己的眼眶中泛起。

不論是不笑貓的力量或大老婆的制裁力，橫寺陽人能在這裡真是太好了。

回想起來，他總是為了自己而努力。包括記憶中的任何時候——可能連記憶以外的地方也算。

「那麼我去找可愛的希臘女孩……不對，能交談的女孩子。社長您就在這邊休息吧。」

「咦……」

聽得筒隱筑紫猛然抬起頭來。

橫寺要走掉了。自己又要隻身一人了嗎？只剩下毫無能力的自己留在這裡？

一股絕對的孤獨，比掉進黃泉國度時更加強烈。宛如厚重烏雲般的感覺，輕易在

心中颳起恐怖的風暴，

「我應該很就會回來。」

「……等一下。」

筒隱筑紫迅速抓住橫寺的衣襬。

現在只有這個學弟能依靠。如果放走他，自己就活不下去了。

「社、社長？」

甚至不敢直視明顯困惑的橫寺，

「……不要，走掉。」

低下頭的筒隱筑紫開始隱隱啜泣。就像鬧彆扭的小孩一樣。

身為王，身為姊姊，她極少露出這種態度。世界上大概沒有任何人見過她這模樣，看得橫寺一臉愣然愣在原地。

「我什麼都願意……所以不要走掉。」

「我、我沒有走掉啦，只是去找怎麼回國而已！」

「我陪你去……」

抬頭仰望的筒隱筑紫，眼睛早已哭得通紅。

見到這一幕的橫寺，下一瞬間迅速露出嚴肅的表情。

「……我知道了。我們一起去，一起回家吧。」

「嗯……」

橫寺緊緊摟住吸著鼻子啜泣的學姊。

筒隱筑紫牢牢抓著橫寺的襯衫背後，雖然皺巴巴卻很實在。額頭靠在橫寺的脖子上，感受流經的血液熱度。

呼氣與橫寺的皮膚混合之際，不久後——

撲通一聲，聽見自己心跳的聲音。

現在能訂的回國班機，得等整整一天。

與機場職員協調後，橫寺帶回這項消息。筒隱筑紫聽了只得失落地點頭。

「明白，那就聚精會神在這裡等待。」

「咦，拜託，至少找家旅館過夜吧。」

「不行！」

「拜託一下，至少吃點東西……」

「不行就是不行！」

筒隱筑紫搖搖頭。要是吃下黃泉陰間的食物，或是睡在黃泉陰間的寢具上可不得了。照理說就再也回不到現世了。

「唔，這樣啊……」

橫寺露出傷腦筋的笑容。

他手扠胸前，注視親愛的社長，失去精神的少女側顏。

然後他操縱手邊的平板電腦一段時間。可能在和遠方的某人迅速透過文字交談。

「嗯，反正已經獲得許可了。社長，不用過夜沒關係，我們出去換換心情吧。」

「……要去這片地獄的哪裡？」

「當然是這個世界的天國啊。」

橫寺眨眨眼表示。

這次的空勤觀察設施更加狹窄，停留期間更短。

可能考慮到不需要閻羅王蓋章，才在黃泉國度的內部轉移空間吧。來到的建築物整整小了一號。相較於剛才的大型建築物，可知現在來到了相當邊境的地區。

鋼鐵之王的頭腦很聰明。即使依靠與生俱來的邏輯思考力推測到這裡，接下來卻完全出乎意料。

一盼蔚藍。

蒼海美麗又風平浪靜。藍天遙遠而高聳無雲。

如此蔚藍的景色，與在日本國內見到的海洋與天空有本質上的差異。實在太藍了，整片視野都藍得很暴力。

「好漂亮……」

筒隱筑紫站在紅褐色的岩石頂端，對眼下的海洋與頭頂的天空嘆為觀止。

「這裡叫聖托里尼島。從雅典搭飛機往南，大約四十五分鐘。好像是愛琴海數一數二受歡迎的度假勝地喔。」

帶領她來到瞭望臺的橫寺，同樣瞇著眼睛望向地平線。

聖托里尼島呈現彎月形。如果將綿延群島的小島在海上連成一線，就形成一個圓形。

鮮豔的蔚藍色內海就在這片彎月形的島嶼環繞中。宛如結婚戒指一樣，海洋、大地與天空的藍色十分搭配。

這片景色完全符合『地中海的寶石』這個稱號。

「不是有片傳說中的大陸叫亞特蘭提斯嗎。這個傳說原型的火山爆發，據說在很久以前產生了破火山口。後來地中海的海水湧入，形成現在這種地形。染紅家家戶戶雪白色外牆的夕陽，可是號稱必看的風景呢。」

靠在高臺上的柵欄，一隻手拿著導覽手冊的橫寺講解。

其中有個詞可不能當作沒聽到。

「……你剛才說地中海，是吧。」

「沒錯，雖然準確來說是愛琴海。非常適合度假……」

「——地中海！以前聽母親說過！」

筒隱筑紫一拍大腿。提到三個字的外來語，面朝地中海的外國，肯定是與我們筒隱家有緣分的地方。

「這裡難道是ㄧˋㄉㄚˋㄌㄧˋ嗎!?」

「是希臘啦。」

「也就是ㄧˋㄉㄚˋㄌㄧˋ吧!?」

「呃，希臘……」

「ㄧˋㄉㄚˋㄌㄧˋ嗎！」

「希臘……」

「ㄧˋㄉㄚˋㄌㄧˋ!?」

「……沒錯，是義大利。」

「果然沒錯！我沒有看走眼！」

外國在鋼鐵之王的眼裡基本上沒有區別。反正希臘與義大利也距離很近……實際上聖托里尼島就有許多義大利遊客……體貼的學弟靜靜地屈服於學姊。

「您打起精神了呢，社長。」

「嗯？什麼話，我一直很有精神啊！」

「那就好。」

見到王充滿自信地挺起胸膛，橫寺笑咪咪地點頭。

這樣才對，橫寺心想。他可不想看到女孩子哭。這就是橫寺陽人唯一的行動準則。

見到橫寺微笑，筒隱筑紫也不明就裡，跟著綻放笑容。

兩人就這樣在舒爽的海風吹拂下。

不知道過了多少時間呢。

「橫寺，感謝你帶我來到這裡。」

「不會，若不是這個時候，我也來不了。幸好現在是晴天。」

「是啊，天氣很好，景色很漂亮。彷彿在寶石盒子裝滿回憶一樣。」

面對美麗的景色，任何人都會成為詩人。

鋼鐵之王環顧四周，心想父母可能也見過同一片海洋。此時忽然有東西映入眼簾。

「這是……橫寺？」

一間小巧的店鋪位於瞭望臺階梯的一旁。

自己當然看不懂招牌上寫的文字。不過貼在一旁的幾張照片卻明確地說明。是結婚禮服。

身穿燕尾服與乎婚紗的男女摟著手臂，擺出姿勢拍照。

「噢，對了。聖托里尼島除了夕陽以外，還有另一項賣點。」

找來的橫寺從招牌上看出這間店的經營內容。

「這應該叫婚紗攝影行程吧。可以租借服裝，還有攝影師與造型師陪同逛街，相當受歡迎呢。聽說可以請店家拍攝許多時髦的照片喔。」

「婚紗，是嗎……」

筒隱筑紫模糊不清地嘀咕……

在學校的圖書館看到膩的特輯頁內容，轉眼間在腦海中浮現。

之前憧憬不已的純白婚禮服飾，如今近在咫尺。

好想穿穿看——

喉嚨緊張地咕嚕一聲，眼睛緊緊閉起。

可是，可是。

怎麼能再要求別人配合自己的任性。畢竟身為鋼鐵之王，還是有正常的是非判斷能力。

就在筒隱筑紫猶豫一番，猛然抬頭想斬斷猶豫的時候，

「不好意素，請告素偶關於仄些行程的類農——」

「橫寺!?」

卻發現學弟正以英語向店家溝通。

「你、你在做什麼……」

王感到驚訝的第一件事，是學弟的外語居然比身為考生的自己更流利。

反正對方是母語非英文的希臘人。彼此都似懂非懂，不夠的部分就靠肢體語言補充——可能因為態度如此豁達，橫寺的舉止顯得儀表堂堂。

「因為您的妹妹拜託過我。讓社長您戴上婚紗。」

「呣!?」

「平時總是受到社長的照顧，偶爾也讓我答謝您。」

橫寺露出惡作劇的笑容。

第二個驚訝之處在於，他的笑容看起來好成熟。

「呣呣，呣呣呣呣……」

原以為他是學弟，結果不知不覺已經走在自己前面。

鋼鐵之王以前習於往東邊率領社員，往西邊整合同學。這種現象對她而言——非常新鮮，又讓人感到難為情。

另外她不知道，橫寺早晚都在積極訓練英語聽力與會話。為了收看晚上的西洋影片能更有臨場感。

在國內人見人怕的變態級行動力，在國外反而變成優點。橫寺陽人可是精通溝通技巧的怪物。

「呣呣呣，呣呣呣……」

最後筒隱筑紫嘴裡嘟囔，同時不安地靠在橫寺身旁。

偷瞄橫寺可靠的側顏，這時候。

撲通一聲，再次聽見不可思議的心跳。

「呣呣，呣呣呣，奇妙奇天烈摩訶不思議，色不異空空不異色色即是空空即是色，南無妙法蓮華經南無阿彌陀佛燒肉定食加大免錢……」

少女嘴裡嚷著莫名其妙的經文，試圖讓自己冷靜。同時心不在焉地思考心跳的意義。

髮藝師是三十來歲，十分開朗的希臘人女性。

即使知道語言不通，依然能單方面講個不停。

在敦促下坐在小屋內的椅子上，接受以前從未體驗過的畫眼線與腮紅。

「Ειναι χαριτωμένο. Πολύ όμορφο. Τέλεια!（It's cute. Very beautiful. Perfect!）」

「……是、是嗎……」

筒隱筑紫緊緊閉著眼睛，不停點頭。這個國家的語言還是一個字也聽不懂。對方好像在稱讚自己，偏偏天底下最難為情的就是聽不懂的褒獎。

「橫寺……」

少女偷偷開口，宛如朝荒野尋求幫助的獅子。不過對方當然聽不見聲音。

救命稻草橫寺目前正在其他房間，挑選他的服裝同時討論。自己就像借來的貓一樣，瑟縮肩膀乖乖等待化妝完畢。

店家準備的禮服中，只有一件穿得下。反正只要能逃離這裡，穿什麼都行。現在只想盡早見到橫寺。

一切準備就緒，來到小屋外頭後。

「橫、橫寺……」

筒隱筑紫正準備撲向橫寺，伸出的手卻和姿勢一起停在半空中。

「橫寺!?」

學弟一身晚禮服打扮。

上衣比粉白色建築物更白，藍色領帶象徵海洋。典禮用服裝穿在修長的體格上，十分搭配。

「橫、寺……」

筒隱筑紫只能像咒語一樣，反覆喊學弟的名字。

聽到少女呼喊的橫寺，同樣愣在原地不動。

純白的新娘出現在她的面前。

輕飄飄的寬闊公主裙包裹少女的腳踝。順著曲線往上看，輪廓在腰部的部分突然變細，到了胸口又再度突出。宛如公主的頭冠下方，水玲玲的大眼睛朝上注視著橫寺。

同時兼具惡魔般的清純，以及煽情惹火的動人。

化妝完畢的筒隱筑紫新娘造型，充滿了矛盾的魅力。

「……社長真是漂亮。雖然知道，但還是忍不住讚嘆。」

從橫寺的口中喃喃流露出坦率的感想。

本來想再次摟住橫寺的筒隱筑紫聽到這句話，頓時面紅耳赤。

「這、這種無聊的恭維就免了！」

「才、才不是恭維呢！是我的真心話！」

「不用了，不用了！別說了啦！」

「第一眼看到還以為是名模呢！知道是社長後看得更入迷了！」

「哇～啊～啊～！」

戴著手套的手不停拍打橫寺穿小禮服的胸口。橫寺也彷彿較上了勁，不停誇讚少女好漂亮，好動人。

兩人都覺得自己在異國土地上耍笨，彼此卻都不肯停手。穿著小禮服與婚紗的年輕男女就像笨蛋情侶一樣，不停打情罵俏。

簡而言之。

兩人都非常害羞。

好不容易等婚紗攝影行程開始，兩人的距離感依然維持了一段時間。

在時髦的石板小徑正中央拍照。

在靠海的階梯中途回眸拍照。

在島上代表性的建築，藍頂教堂仰望拍照。

在粉白色高級飯店的外牆前拍照。

不論攝影師要求在何處拍照，兩人始終笑容僵硬，彼此也保持微妙的距離。

「…………」

攝影師是藍眼的壯年男性。

而且一句話也不說。

他可能不是希臘人，不只不會講日語，連英文和希臘文也不會。

「嗯？怎麼回事？我一步也不會離開這裡！」

「咦，要我過去那裡？不太好吧……」

攝影師僅以手勢指揮兩人擺姿勢，但可能終於不耐煩了。

「哇!?」

他從背後推了橫寺一把，硬將橫寺靠在新娘身上。

突如其來的零距離接觸，頓時讓筒隱筑紫無法呼吸。

突然在意自己脖子上的汗水。在意自己的心跳聲。在意肌膚接觸的熱度。雖然在意許多地方，身體卻僵硬得不聽使喚，連一根指頭都動不了。

「不好意思，社長……」

「咦，啊，這……哇!?」

橫寺依照攝影師的指示，將手臂繞到新娘身後。

「呀！」

「沒、沒事吧？」

「呀、呀，沒事啦，討厭……」

感覺橫寺的指尖碰到裸露的背部，筒隱筑紫脫口發出怪聲。聽起來一點也不像自己會喊出的聲音，既高亢，甜美又嬌柔。

沉默的攝影師是講究形象，講究姿勢的專家。筒隱筑紫實在受不了他再度提出細節的要求。

連脖子都羞得紅通通，低下頭去。沒多久連紅通通的耳朵都在發抖。

白己全身緊繃，可是卻使不上力，只能任憑擺布，露出毫無抵抗的身體。

「社長……」

宛如孱弱少女的纖細柳腰，以及煽情的胸口的起伏。兩者都在橫寺緊緊摟住的懷中。他和面前的可愛女性一樣，背部不停扭來扭去，還發出飢渴野獸般的低吼。

彷彿扭扭舞與低吼聲的協奏曲會永遠持續下去。

聖托里尼島主要道路十分狹窄，還擠滿了觀光客。

年輕的異國情侶檔努力參與攝影行程。往來的遊客宛如參觀紀念碑一樣，不時吹手笛或讚嘆聲投以祝福。

就像結婚典禮的與會者一樣。

於是剛才表情絲毫沒變的壯年攝影師，

「Bravo～」

非常認真地讚美了一句。

或者，如果父親還在世的話。

說不定能讓他看見自己現在的模樣。筒隱筑紫在混亂不已的腦海中，心不在焉地

思考。

「采咲女士……!?」

橫寺則在人山人海中，彷彿發現某人般屏住氣息。

在地中海的寶石島嶼，復甦的夢幻大陸上。

在已逝父母的注視之下。

筒隱筑紫與橫寺陽人，就此完成終身大事。

「…………」

在蔚藍天空與碧藍大海之間的白色大地上，兩人默默對望。

甚至希望在這裡定居。

還希望永遠停止黃泉國度的時間，受到重要對象的祝福。

這將是天底下最幸福——最極致的孝順。

不過理所當然。

這是不可能的。

現實中的時間不斷前進，暫時的魔法終將會解除。就像古代亞特蘭提斯大陸沉眠於海底般。

不久後，太陽西沉。

美麗的夕陽灑落在純白的島嶼上，告知這一切即將結束。

「……攝影師說時間快到了。」

與攝影師透過肢體語言交談兩三句後，橫寺瞇起眼睛回頭。

夕陽照射下，他的側顏帶有幾分傷感的陰影。

「我們的班機時間也快到了，回去吧。」

「是、嗎……也對……」

筒隱筑紫茫然地點頭。

兩人搭乘傍晚客滿的班機，從聖托里尼島回到雅典。

機艙內座無虛席，瀰漫著度假旅客流下的健康汗味。

回過神來才發現，這裡是現實。

「啊，對了，這東西還塞在口袋裡。」

橫寺窸窸窣窣掏出輕飄飄的布片。是在筒隱家的走廊上收集到的。

「剛才通過安檢的時候差點陷入危機呢。所以放在您身上吧，社長！蕾絲的成熟感很適合您呢！」

「感激不盡。連換洗衣物都幫忙帶來，你真是機靈啊。」

「我好像不該得了便宜還賣乖。不過鋼鐵小姐的心比太平洋還寬廣呢……」

接過橫寺遞給自己的衣物後，筒隱筑紫思考自己說過的話。提到換洗衣物，好像從昨晚就沒換過衣服……

想到這裡的一瞬間，筒隱筑紫再度發覺自己的臉頰有些發熱。

「橫、橫寺，你能不能讓開一點……」

「讓開？可是我已經在窗邊了。」

「一點點就好，一點點。」

「社長！別推啊，社長！那裡是機艙外！我的肉片快擠出機艙外了耶，社長！難道您在生氣嗎!?問題果然是內褲塞在口袋裡嗎！」

心臟怦怦跳個不停。手腳僵硬地擺動。不敢直視橫寺的臉。

又想噴香水，又想看鏡子，還想換衣服，全身上下保養一下。可是現在卻無法實現。

想不到自己追求的女子力，竟然這麼不方便。

都已經這樣了，還能宣稱自己堅持了自我嗎。

身為鋼鐵之王的自己，以及身為弱女子的筒隱筑紫在腦海中拔河。

回到雅典的國際機場後，自己漫無目的地徘徊——然後抵達了一處地方。

第一屆奧運的競技場。

這裡是希臘，奧運的發祥地。

也是所有運動員立志的聖地。

走過觀光客專用的大門，從小型觀眾席走下狹窄的競技場。然後筒隱筑紫很自然地進入跑道。

「社長，您在做什麼……？」

沒理會橫寺的聲音，做出蹲踞式起跑的動作。

我到底是誰。我到底該成為誰。

我能不能成為我。

我完全不明白。

想著想著，就突然好想漫無目的地奔跑。

沒錯，就是這樣，奔跑吧，鋼鐵之王。

奔跑吧，筒隱筑紫！懷抱無法以邏輯解釋的情感！

推開其他遊客，彈開空氣中的沉重壓力，筒隱筑紫像一股黑風般奔跑。穿梭在白人遊客宴席的正中央，跳過黑人遊客牽的狗。奔跑速度比逐漸西沉的太陽足足快了十倍。

看見了。遙遠彼端看見了小小的雅典衛城。衛城在夕陽照耀下閃閃發光。

在競技場繞了好幾圈，好幾圈。筒隱筑紫與鋼鐵之王，拚盡最後的力量奔跑。重合的思緒一片混亂，許多想法彼此阻礙。

但依然被莫名其妙的混沌拖著跑。

夕陽搖搖晃晃沉入地平線。就在最後一道殘光即將消逝前，筑紫偶然發現有人站在終點線前方。

那個輪廓，宛如小貓尾巴般的人影，

「月、月子妳怎麼會在這裡……」

「我來了。」

是妹妹。

張開雙臂，宛如迎接姊姊抵達終點。

連同不明就裡的情感，筒隱筑紫衝向月子。然後有如祝福自己抵達的終點，受到月子緊緊擁抱。

「辛苦了，姊姊。玩得開心嗎？」

「要、要說開心是沒錯。但我同時覺得自己好像做了一場惡夢……不過我也不確定是不是真的惡夢——我已經搞不懂了。」

月子小小的手掌，輕輕觸碰支吾其詞的姊姊臉頰。

柔軟的呼氣伴隨溫暖的體溫傳至手心。

「是的，這裡是異國，會發生許多事情，有許多人事物的場所。只要一點一點思考各種事情即可。」

妹妹有如早已明白一切，溫柔地撫摸姊姊同時回答。

「難得來一趟，姊姊，我們再旅行一段時間吧。今後也要兩人一起去各地觀賞。」

「……嗯！」

姊妹緊緊相擁。

「真是贏不過月子妹妹呢。」

橫寺從觀眾席面露微笑走過來。

「變態請滾遠一點。」

「為什麼啊!?」

「不想被吊起來的話，就先掏出塞在口袋裡的所有布片。」

「好啦。」

「還有明天之前要交三千張反省書。」

「好啦……」

月子說得斬釘截鐵，橫寺空洞地回答。身旁還有一名少女，不知所措地以手指對戳。

筒隱筑紫發現後轉頭一瞧，那名少女——舞牧麻衣便淚眼汪汪地開口。

「社長，請揍我吧。」

「呣？」

「請用力甩我幾巴掌。我在這三天內只有一次，偷偷懷疑過社長。這是我有生以來第一次懷疑社長。」

「呣呣？」

「如果社長沒有甩我巴掌，我就沒資格擁抱社長。」

「呣呣呣……啊？」

這三天之內，舞牧究竟發生了什麼事情呢。

面對兒時玩伴陳述微小的罪過與真實的友情。歪頭表示不解的鋼鐵之王，其實早已忘得一乾二淨。

「……謝謝妳。我的朋友，小舞。」

但還是順勢與優秀的兒時玩伴緊緊擁抱，聽她放聲大哭。

圍觀群眾還傳來歡呼呼聲。橫寺陽人原本目不轉睛注視兩人。沒多久卻扳手指不知道數什麼，靜靜地走近。

「話說三天的約定，不是社長與麻衣衣重逢吧？社長必須回到筒隱家才算數。」

「啊？」

麻衣衣的聲音帶有壓迫，不信任與不安。橫寺陽人見狀，略為紅著臉伸出龍抓手。

「就算現在大家出發也絕對趕不上。所以毫無疑問違反了約定，對不對，社長？」

「唔，是、是嗎？」

「社長？社長……？」

筒隱筑紫歪頭疑惑，麻衣衣嚇得發抖。

然後暴君橫寺陽人伸手搭在麻衣衣肩上。

「所以我可以隨意處置麻衣衣了吧！」

「無可置喙。女人不說二話。」

「社長!?社長!?」

橫寺陽人將掙扎的麻依依拖到競技場外的樹蔭下，隨即不知所蹤。

他們兩人關係一直這麼好。

就是這樣。

橫寺陽人肯定有許多感情比我更深的對象。在聖托里尼島的婚紗行程，就像在夢幻大陸飄升的幻影吧。

筒隱筑紫如此心想，聽見心中傳來刺痛的心跳——同時還發現，這種感覺其實不那麼討厭。

其實自己應該一直擁抱這種感覺才對。

因為這份想法肯定比美麗的天空與大海，以及蒼藍的婚戒更像珍貴的寶物。

「……真是開心。這趟旅程非常有趣。今後肯定也是如此。」

「那就好。」

聽到姊姊這次的實際感想後，妹妹保持沉靜，但滿足地點點頭。

「橫寺，橫寺。鬧夠之後，照片能不能分給我幾張。我想讓大家看看，所有人肯定都會驚訝。原來我也有這樣的一面。如今，鋼鐵之王已經長眠於此。」

鋼鐵之王朝似乎傳來甜美叫聲的樹蔭大喊。

過了一段時間，

「社長怎麼這麼說呢。」

附近傳來橫寺的笑聲。

他對不知所措的學姊理所當然地開口。

「社長原本就是可愛的女孩啊。」

鋼鐵之王頓時滿臉火紅。

中場III

「我搔我搔我搔我搔我搔搔搔！」

「討厭啦，大庭廣眾之下別這樣啦。」

故事講到一半，我就被朋友壓在長凳上。她不停搔我的癢，包括側腹、脖子與胸口等人體要害。

不論我推她或拍她，她始終不為所動。就像坦克壓扁野花一樣慘遭蹂躪的我，甚至看到天國的花園。

「……討厭。妳喔……」

「呼……」

在我上氣不接下氣的時候，朋友才終於鬆手。她的表情痛快又容光煥發，滿足地吁了一口氣。

討厭，她真的好討厭。才叫她別在公共場合這麼做，結果她立刻對我上下其手。這到底是什麼興趣啊，變態嗎。是不是和那男人同一類啊。

「啊，妳又在想王子吧。」

朋友一臉看透一切的表情。

「在希臘卿卿我我真的那麼開心嗎？」

「討厭，我才沒有想他，而且也不有趣。」

「妳騙人～」

她輕飄飄地揮舞鬆垮垮的袖子，氣噗噗嘟起臉頰。

「好賊喔。不只狡猾，兩人的關係剪不斷理還亂吧。如果王子再出手的話，就必須處以極刑囉。」

只有最後一句話說得滿不在乎。但我知道朋友如果露出這種表情，代表她非常認真。

反正我不會阻止她。

就算那已經是往事，但是對變態的追訴沒有時效。橫寺必須死。

「真是的，妳一點都不坦率呢。好嫉妒喔。」

聽到朋友話有所指，我完全不為所動。

那一趟希臘旅行是距今一年多之前的事。

筒隱社長早就上了大學，還從夏天就去希臘留學。她明明對外語一竅不通，而且溺愛妹妹月子，但依然選擇去外國留學。代表她肯定有想法吧。

連後來接任社長的我，現在也已經交棒給下一任。如今正忙著為考試而念書。

……究竟有沒有在念呢。難說吧。

「既然肚子也餓了，那就先別念書，稍微喝杯茶吧。」

朋友迅速從自習室拿了我們兩人的書包出來。

果然沒在念呢。

「我從等候名單上擦掉名字囉。」

「嗯，拜託妳。」

雖然點頭的我也要負責，但是和朋友聊天還是很開心。

朋友從自習室等候的登記表擦掉我的，以及寫著『和煦』的名字。

她的本名叫『和歌本羽夏』。部分變態男生取她名字的諧音，叫她『和煦妹』。她本人似乎也不討厭，經常使用這個名字。

「我想一邊喝茶，一邊多聽麻衣衣妳的故事。」

她使勁揮動書包，緊緊摟著我。距離好近。還有別趁亂揉我的胸部。連我也效仿變態，在內心喊她和煦妹。

「我沒有故事可說了。」

「我又不是在問妳喔。」

「啊？」

「直接問妳的身體就知道了。」

「就說沒有了啦！討厭！」

我假裝生氣，和煦妹假裝要搔我癢。我們兩人嘻嘻哈哈，同時衝下樓梯。

「追到妳囉～」

「不要超過我！」

超越我的時候，她還掀起我的裙子。所以我略為使勁以書包砸向和煦妹。大概正好砸中哪裡，和煦妹忍不住哎了一聲，看得我哈哈大笑。

高中女生真的喜歡耍無聊呢，我心想。

抵達一樓衝進大廳後，發現一批團客。

大概是準備舉辦寵物講座，現場擠滿了抱著小型、中型犬的飼主。眼看就要發生重大意外。

「哎呀呀——」

和煦妹雙腳緊急煞車。看我停不下來，還拉住我的手臂，

「怎麼可以奔跑呢，麻衣衣。不乖喔～」

皺起眉頭訓斥我。

我們明明都在跑吧。真是的。

和煦妹對鬧彆扭的我露出和煦的笑容。

「話說麻衣衣，妳是不是養過一段時間的狗？」

「嗯，時間不長。」

「可是麻衣衣，妳不是害怕寵物嗎？」

「因為發生了許多事。」

想起往事的和煦妹一問，我便對她聳聳肩。

真的，發生了許多事。

而且說起來也有點複雜——

自己是隻狗

自己是隻狗。名字忘記了。

完全不知自己誕生在何處。只記得自己在陰暗潮溼的角落汪汪叫。

「你沒事吧?遭人遺棄了嗎?」

自己在這裡第一次見到人類這種生物。

後來聽說他叫橫寺陽人，是人類當中最親切的種族。據說他經常捉住遭人遺棄的貓狗。給食物、幫忙洗澡，還會仔細尋找願意收養的人家。

「如果沒有父母也沒有主人，要不要暫時來我家?」

他跪在地上，與嬌小的自己四目相接並開口。

雖然自己這時候連眼睛都不太能睜開，難以辨別長相。但是僅透過聲音的氣氛，聽得出他生性善良。小狗狗天生具備這種類似特殊的能力。

——汪嗚，汪嗚汪嗚……

自己以叫聲回答後，隨即被他托在手掌上，帶往其他地方。手掌的觸感溫暖又厚實，讓自己沉浸在輕飄飄的感覺中。

沒多久，

「我回來了!要用一下浴室喔!」

得知他似乎帶自己回到了家裡。

他放下來的地板鋪著瓷磚，肉墊傳來冰冷的觸感。汪汪聲有回音，自己推測是類似兔籠那種超級狹小的地方。還帶有一些溼氣，甚至有種全身的毛變重膨脹的錯覺。

「幫你暖和身體，忍耐一下。」

隨著他的低語，還傳來水滴飛濺，聽起來危險的滴滴答答聲。

自己反射性想跳起來。但是他卻牢牢扣住脖子，將自己按在地上動彈不得。他的動作很熟練。大概有許多貓狗都面臨相同遭遇吧。

然後嘩啦一聲，熱水從我的頭淋下。

完蛋了，到此為止了嗎。我緊閉眼睛，隨即感覺他在我的脖子上搓來搓去。還反覆摸我的背，讓我感覺愈來愈舒服。

淋上熱水的不舒服感覺，竟然與心情緊張的快感結合在一起。這是新的發現呢。

原來不舒服與快感是一體兩面啊。就像地獄與天堂透過輪迴糾結在一起。

回想起來，他從脖子拎起自己其實不會不舒服。反而有種全身受到控制的感覺，有點放心。或許這是烙印在基因中的服從本能。

——嗚……

前腳，後腳，頭和尾巴都隨自然的力量擺布，不再抵抗。

反而還伸出短短的舌頭哈氣，彷彿在要求什麼一樣。

「好，接下來是肚子喔。」

他以柔和的聲音告知，然後將浴室的瓷磚上的自己翻身。

於是自己仰面朝天，與橫寺陽人面對面。

這時候自己的眼睛睜開不少，可以再次確認他的長相。可能因為如此，自己有種不可思議的感覺。

——咦，仔細一瞧，他是不是自己的同學啊？

小狗怎麼會有同學呢。又不是大眼魚學校。可是這個莫名其妙的詞彙始終在腦海揮之不去。

自己宛如著迷般，仰望橫寺陽人很有特徵的眼眸。

另一方面，他也目不轉睛低頭看著自己。

「噢，原來妳是母的啊。」

——汪？

「原來如此，是這樣的啊……真有意思。」

——汪、汪嗚？

他的眼神和手勢像研究員一樣，在自己的肚子上摸索。感覺他直接對自己呼氣，羞羞的地方暴露在外頭。

自己被他按在瓷磚上，手腳張開，仰面朝天，重要部位大開。全身上下被他玩、玩、玩、玩弄——

一點一點，一點一點。

原本頭腦模糊不清，現在迷霧終於消散。

面前的人是橫寺陽人。他是同一間高中的同學。這裡是橫寺家的浴室。

自己是高中二年級，女生。名叫。

不對，更重要的是。

為什麼自己會像仰面朝天的青蛙。還擺出這種羞羞臉的姿勢，讓他觀察自己的重要部位，甚至玩弄啊。為、為為為什麼、覺、覺得好舒服——

「那就要沖水囉～」

「汪嗚——————!?」

——呀啊啊啊啊啊啊啊啊啊！

直到這時候。

小豆梓這才發現，自己正被當成狗對待。

衝出羞恥地獄與極樂天堂交融的橫寺家，小豆梓連滾帶爬地行走在住宅區。

似乎好不容易擺脫了同學——自從去年他在校門口向自己開口之後，與他的關係親近不少——橫寺陽人。

視線比平時低得多，雙手雙腳交互擺動。一前一後一前一後，獨自在路上散步。

「媽媽，好可愛喔！狗狗在路上走耶！」

「哦，真的呢。是散步途中跑掉的嗎……」

仔細聽路人母子的對話後，自己稍微加快腳步。

沒錯，現在的自己似乎在所有人眼中都是小狗狗。可是自己明明覺得自己和平時一樣是高中女生。

像骨牌一樣並排的狹窄住宅車庫旁，安裝了可以確認左右兩側的小鏡子。好不容易才在較矮的鏡子映照出自己的模樣，鏡中的自己毫無疑問——是一隻玩具貴賓狗。尺寸小到前後腳縮起來，大概可以塞進茶杯裡。尾巴短得聊勝於無，經常外翻的狗耳朵與無精打采的困惑眼神看起來好可憐。杏黃色毛髮呈現獨特捲曲，就像仔細梳理過的頭髮一樣，唯有這一點很可愛。

「咕嚕咕嚕嚕——」

——可是問題在於短短的手腳，以及一點起伏都沒有的水桶體型！難道自己就不能變成更聰明的狗狗嗎？

如此心想的小豆梓甩了甩頭。狗狗天生無貴賤，即使是鬥牛犬或巴哥犬都很可愛。所以必須滿足自己天生的模樣活下去——不對不對。自己是人類啊。

這肯定是哪裡出了錯。

以前在動物漫畫上學過很多次，不可以從外觀判斷他人！

為了奪回靈長類的尊嚴，小豆梓反覆嘗試雙腳站立。但頂多只能搖搖晃晃走一兩步。

「汪呼——」

——沒辦法，話說也太熱了……

晚夏的陽光讓地面飽含熱氣。以目前的身高，整片肚子都是汗水。伸出舌頭迎著風倒是覺得舒服一點。

因此小豆梓吐舌哈氣，四腳著地，搖著屁股，在眾人指指點點下一步步前進。

而且還光溜溜的。

從頭頂到尾端一絲不掛，純天然狗狗 style。

……其實她絲毫沒有這種想法。可能因為天生長毛，毛髮代替了衣服的功能。

當然只要撥開毛髮，底下就是肌膚。就像剛才在浴室裡，橫寺陽人以妖嬌的手勢對自己——

「汪嗚——————！」

忍不住想起禁忌的快感，小豆梓發出尖銳的慘叫聲。

然後她才終於發現，自己耳朵只聽見吠叫聲而已。

「……嗚嗚……」

很可惜，她不得不承認。

日前和小狗狗交換了身體。

好像在家裡附近見過這隻玩具貴賓狗。每次見面的時候，可愛的小狗狗都會開心地與自己玩耍。可是自己從未許願變成牠這樣……應該吧。

怎麼會變成小狗狗呢。

何時變成小狗狗的呢。

小豆梓完全不知道，只能不知所措地徘徊。

不過僥倖的是，小豆梓四腳前進的方向正好是大馬路。

隨後見到熟悉的公車站，熟悉的公車駛來。

跟著帶導盲犬的人上車。彷彿效仿導盲犬般一臉專注，姿勢筆挺地坐在地上，居然沒被趕下車。

到車站就更簡單了。只要逕直走上電扶梯，一臉認真地從閘門口下方穿過。即使有人拿起手機照相，似乎也不會有人通報站務員。

電車與月臺的間隙反而是最大的難關。等了好幾班電車後才鼓起勇氣跳進車廂，再度筆直坐在車門旁。

就這樣，好不容易回到自己的地盤範圍內。

地盤——亦即橫寺家所在市區的隔壁城鎮。

相隔數站的特急列車停車站。沿林蔭道走一段路便看到集合住宅林立。

四樓就是自己的家。

變成狗之後走了好長一段路，相當疲累。

心想等一下要挑戰爬上階梯，在停車場的樹蔭下休息。隨即聞到熟悉對象的氣味由遠而近。

還沒映入眼簾就感覺得到。狗就是這樣的生物。

從陰影中冷不防跳出來，正好遇見來者。

「哎呀，這不是小狗狗嗎！」

「嗷……」

是自己的父母。

可能剛去哪裡買東西回來。爸爸雙手捧著許多購物袋，媽媽支撐著爸爸的背後加油。

父母的感情還是一樣好。聽說他們念高中時相遇，上大學時結婚。而且不久後就有了小孩。

因此自己也嚮往這種關係，念國中的時候每天晚上就看這種漫畫雜誌——不對，現在與這些往事無關。

小豆梓搖搖頭，在父母的腳邊轉圈圈。

「汪汪，汪汪汪！」

——爸爸，快聽快聽！

「汪嗚，汪嗚汪嗚……」

——媽媽，大事不好了！

自己原本想和平時一樣，依序向父母撒嬌。

小豆媽媽蹲下年齡不詳的幼小身軀，伸手溫柔撫摸小豆梓的頭。

「哎呀呀，嗯，這樣啊……」

「……呶！」

小豆爸爸宛如亞洲黑熊的頑強表情深處，同樣浮現柔和的眼神。

父母一如往常，家人一如既往。

此處的景色與平時無異，小豆梓完全放心地趴在地上。

可是一段時間後，小豆媽媽緩緩收回手，

「好親人的小狗狗，真是抱歉喔。我們家禁止養寵物呢。」

露出困擾的笑容。

「……汪嗚？」

──咦？

一瞬間，小豆梓腦中一片空白。

「小豆應該會很高興，可是必須遵守規定才行。況且妳也有家要回呢。」

「呶──呶？」

「是呀，或許可以考慮搬家呢。趁那孩子還沒離家前，如果多了個家人，她肯定會很高興。」

「呶……」

「哎呀，老公你真是的，討厭。不過也對，慢慢再來考慮弟弟或妹妹吧。」

不論自己怎麼吠叫懇求，拉扯掙扎。

他們都看著自己，聊著不是自己的自己。

「那就抱歉囉，小狗狗也趕快回自己的家吧。」

「呶呶，呶……」

父母輕輕揮了揮手。

然後一臉幸福地依偎在一起，流露平穩的微笑，回到不屬於自己的自己家去。

原本想追上他們，但是腳再也提不起來。

「……汪嗚，汪嗚──」

為何之前會深信不疑呢。

深信父母肯定會認出自己。不論自己變成什麼模樣，都會立刻發現是女兒，然後帶回家呢。

明明沒有任何根據。

隨著一陣天崩地裂般的衝擊，小豆梓呆站在原地。

不知走向何方，不知過了多久。

回過神來，小豆梓已經在蓊鬱的森林中徘徊。

籠罩在茂密的枝葉下，長年照射不到陽光。地面泥濘又鬆軟，棲息在陰暗中的鳥從頭頂發出的詭異叫聲。

精疲力竭的四隻腳沾滿了泥巴，沾到的雜草纏在腳上，限制了活動。身後還傳來以此地為地盤的凶猛野狗追蹤的氣息。

「……汪嗚……」

完蛋了，小豆梓心想。

如果這是故事書中常見的交換身體現象。代表自己家裡有個不是小豆梓的小豆梓，而且她肯定不會來尋找自己。

被丟進荒郊野外的一隻小狗，根本無力反抗命運。很快就會遭到粗魯的大型犬襲擊，被迫懷孕。然後接二連三生下小狗，像足球隊一樣，從此再也不見天日。

自己肯定得在這片昏暗的森林裡終其狗生。

「嗚嗚……」

命運就是這麼不講理。

遭到世界背叛，屈服於疲勞，小豆梓趴在地上。就在小豆梓靠著不牢靠的幼苗，精疲力竭地蹲下時。

「──哎呀，哎呀呀。這裡有人變得這麼有趣啊。」

一個聲音從頭頂傳來。

好不容易抬起疲勞不已的頭，發現一個嬌小的人影站在對面的大樹頂端。

是天狗嗎，小豆梓心想。

因為她穿著拖鞋，輕巧地站在茂密森林中最高聳的樹木，最細小的樹枝上。

「在這個世界無所事事，閒著無聊的時候。結果來到森林一瞧──」

身材極為嬌小的人站在樹梢，俯瞰眼下，然後哈哈大笑。叫她小女孩一點也不為過。

雙馬尾在地中海的陽光照耀下燦爛鮮豔。眼眸圓滾滾，臉頰飽滿又呈現健康色澤。身上的連身洋裝好像是銀座最高級的名牌，可愛時髦又有幻想風格。

外表完全是可愛的小學生模樣。唯一一點不同的是，桀驁不馴的眼神盤踞在她的瞳眸中。

小豆梓茫然心想，自己認識這女孩。

愛瑪努艾勒・波魯勒蘿拉。

自從去年從高中逃跑的兔子事件後認識了她。她偶爾會來日本玩，然後像旋風一樣離去。

可是──

「這真是意外的收穫。擦身而過也算前世姻緣。陪我聊幾句吧。」

她怎麼會用這種奇怪的語氣說話。而且她是會以看螻蟻的眼神輕視四周的女孩嗎？

「當然，前提是可憐的畜生聽得懂神明說的話──」

聲音中透露輕視，神明 in 愛瑪努艾勒以拖鞋一踢樹枝。

「哎，看妳四肢這麼短，肯定只能在地面爬行吧？這可是神明主動降臨到人的面前，妳可得好好感謝啊。」

她的動作輕巧，堪比天狗。

「看哪，神明翩翩降……臨？」

結果在最後的最後，腳滑了一下踩空，

「哦!?」

棍棒般的粗大樹枝，猛然撞到她的小小胯下。

愛美神呈現倒Y字的模樣，全身僵硬不斷抽搐。

「……啊、嗚、啊……」

「汪、汪嗚？」

──妳、妳沒事吧……？

顫抖的神明沒理會小豆梓關心的聲音，一直仰面朝天抽搐。

「喔、喔呼、喔、呼、喔喔喔喔喔喔喔喔……」

大腿中間夾著長了樹瘤，活像凶器的樹枝。神明伸直雙腿，嘴脣像金魚一樣一張一合。呼出的氣息聽起來好像壓扁的青蛙在叫。

「汪嗚……」

──大概不行了吧。

連吐泡泡的螃蟹看起來還比較有精神。

小豆梓在內心雙手合十。

「呵……妳在不知不覺中與狗交換身體。而且想不出原因，是嗎？」

「汪！汪汪！」

「不知道恢復人形的方法，目前不知所措。所以連貓的手——不對，沒禮貌。想借用神明的手才對，是不是這樣？」

「汪嗚汪嗚！」

「真是受不了，人類怎麼這麼厚臉皮啊——」

愛美神聳聳肩表示。

另外她呈現倒Y字形躺在地上。

額頭上大汗淋漓，神明完全靠聲音耍威嚴。

由於她卡在樹枝上一動也不動，小豆梓才將她拉下來。她的膝蓋還抖個不停，可知看不見的傷害十分嚴重。

「……汪嗚——」

——舔一舔幫她治療吧。

世界最溫柔的小豆梓舔了舔傷口，幫助療癒後，

「哦呼、哦、哦呼……」

愛美神又像煮熟的甲殼類一樣，嬌小的身體像蝦子一樣反弓著。

「……別、別舔了，我已經好了。」

過了幾分鐘，愛美神才搖搖晃晃地翻身。

「我知道妳心地善良了。那就幫妳的忙吧……跟我來。」

愛美神展現相當友好的態度，同時趴在地上。

走路好像剛出生的小鹿一樣，在草木茂密的森林中帶路。

小豆梓不安地仰望她那不可靠的胯下，短短的四肢同時不停擺動。

森林昏暗得看不見前方。但如果以人類的視角來看，大概只是普通的雜木林吧。

穿越森林後，來到神社的境內。

「汪嗚……？」

「沒錯，這裡是神明鎮守之處，名叫『鬼多天神社』的神域。反正——只是毛色和我不一樣的神明而已。我在這種地方也比較安心。」

坐在石板階梯上，愛美神吁了一口氣。

她靈巧地將連身洋裝夾在雙腿之間。從坐姿來看，她似乎還有心情顧及外表。

「所以，呃——妳說妳交換身體了嗎。自己的精神受到他人身體的吸引，導致身心錯亂的現象。其實我也很熟悉這股力量呢。」

愛美神抱起小豆梓，舉到與自己的視線齊平。

有如窺視眼神深處般，人與狗的鼻頭相碰。小女孩的體溫較高，對小豆梓溼溼的鼻頭而言特別溫暖。

「嗨，果然沒錯嗎……」

過了一段時間，愛美神似乎看出了什麼端倪，嘆了一口氣。

「說句對妳而言很殘酷的事。其實我無能為力。」

「……汪嗚……？」

「說起來，這種現象不是我造成的。何況妳的情況**甚至不是交換身體**。」

愛美神語帶諷刺地嘴一歪。

「聽好，妳這只是單純的變身。是妳自己，毫無徵兆之下，自己變成了一條狗。」

見到她的嘴巴流利地說個不停，

──舔。

小豆梓伸出舌頭，忍不住舔了一下。

一旦嘗過滋味就忍不住。舔呀舔呀舔舔舔，左舔右舔上舔下舔！是甘甜又美味的檸檬味！

「……呀、呀啊啊啊啊啊!?」

愛美神滿臉通紅站起來。

被拋出去的小豆梓也跟著感到臉紅，在石階梯上不停揮舞前腳撥臉。

「喵喵喵，妳突然做什麼啊!?難道妳是假裝清純，結果不知羞恥的變態橫寺一族嗎!?」

「汪、汪喔！」

——不、不是啦！這是本能的關係！這個身體如果近距離感受到人的呼氣，就會忍不住想舔啦！

「我、我在這個世界可是第一次啊……這次本來要好好保護珍貴的貞操呢。」

愛美神淚眼汪汪，不停手舞足蹈。可惡的橫寺一族，究竟要玷汙我多少次才甘心啊……她好像受傷的普通女孩一樣，整張臉埋在連身洋裝的衣領中。

雖然聽不太懂她的意思（橫寺一族是什麼啊？）但小豆狗狗也知道自己讓神明感到不高興。

「嗚嗚……」

小豆梓低下頭去，做出反省的姿勢。

「……算了，真是的。」

愛美神以手背用力抹了抹嘴脣，深深嘆了口氣。

「算了，狗會舔人的嘴脣也是天性。的確是這樣沒錯……而這就是一切啊，小豆梓。」

「……汪？」

「換句話說，是妳自己想變成這樣。可以輕易撒嬌。輕易與他人接吻。能迅速與任何人成為好朋友，就像充滿關愛的小型犬一樣。」

愛美神一邊說，同時以手撥開長毛，並且輕摸小豆梓的頭。

小狗的身體麻煩之處，在於不論別人怎麼摸，都會立刻感到舒服，想露出肚皮。

「汪呼、汪呼汪呼汪呼……」

頓時感到陣陣快感的小豆梓，無暇仔細思考愛美神這番話的意思。

『換句話說，是妳自己想變成這樣。』

『這只是單純的變身。』

剛才也有人這樣告訴自己。變身？什麼意思啊？

「當然有確實的根據，就是妳的項圈。」

愛美神纖細又酥癢的指頭摩擦自己的脖子。汪呼，感覺好癢喔！

「或許妳沒有發現，其實妳的脖子上戴著項圈。其實當他人的寵物也是你的願望吧。」

『況且妳也有家要回呢。』

小豆媽媽不是也確認過，伸手摸了摸自己的脖子嗎。

「不過那並非普通項圈。說得更準確一點，是不該存在於這個世上的東西。屬於其他世界的事物。」

原來如此原來如此，原來如此？

幾乎明白事情的全貌了。因為小豆梓是聰明的狗狗嘛！

「那個世界與這個世界不一樣，而且無法再去第二次。妳在那裡套上了特別的項圈當成枷鎖。那是真心話與表面功夫的象徵。」

話說回來，愛美神以指尖撥開毛髮的手勢好舒服。就是那裡，摸那裡剛剛好汪！

「我不知道妳從哪裡拿出這種東西的，不過真是諷刺啊。不同世界的橫寺陽人費盡辛苦才摘掉這東西，結果這個世界的妳又主動變身，還戴在脖子上呢。」

再用力一點！再多玩弄折騰一點，快！征服全身吧汪！

「……妳有在聽嗎？」

當然有啊！所以不要停下來！自己什麼都願意汪！拜託讓自己更爽一點汪！

「唔，妳的身體太不像話了，完全擋不住快樂。看來邏輯性思考對妳有點困難呢……」

愛美神露出傷腦筋的眼神看著寵物，同時以雙手不停搔著舒服的地方。

小豆梓又開心又舒爽，尾巴搖個不停，同時全身毫不抵抗地仰面朝天。

色胚狗狗的身體三不五時就想爽一下，這簡直就是天職。

斜陽讓神社境內染上一片嫣紅。

從古老鳥居底部延伸的長長陰影，接觸到石板階梯的底層。沒多久便會遮住整間神殿。不久後神社內外將陷入一片黑暗，眾生便知道夜幕降臨。

「我差不多要讓附身的她回家了，妳打算怎麼辦？」

半邊身體沐浴在夕陽中，愛美神戳了戳狗狗的臉頰。

快樂過後疲倦的小豆梓，蜷縮在愛美小小的腿上。剛才愛美神還將她的飯糰分給自己，所以現在肚子也飽了，好舒服。

「不論妳要找回家的路或是做什麼，都需要時間。夜晚很長，乾脆在屋簷下避難比較聰明。」

「……嗚？」

「如果妳回不了家，倒是有幾個選擇。比方說我附身的她。即使她現在與我分離，肯定也會好好疼愛妳。畢竟她會照顧從學校逃出來的陌生兔子。」

「汪汪，汪喔～」

「是嗎，原來妳也知道這件事啊。那妳可以跟著她。我可以助你一臂之力，去接受筒隱家過夜用餐的恩情吧。另外雖然我打從心底不推薦，不過變態橫寺家同樣會別有用心地歡迎妳。」

剛才陪自己玩了好久，還分東西給自己吃，最後還幫忙找地方過夜。雖然小豆梓不明白這位神明的真面目，但知道她很親切。如果換個方式相遇，說不定有機會成為朋友。

「……只是鬧著罷了。」

說著愛美神別過臉去。

——明明不用害羞嘛！她真是好人啊！

心懷感激的小豆梓拚命吠叫。愛美神有些害羞地紅著臉，然後頑固地緊緊抿著嘴。

「拜託……妳誤會大了。」

「……汪呼？」

「是我暫時附身在湊巧來神社玩耍的這女孩。擅自借用他人的身體，不值得受到稱讚。明白嗎？」

「汪汪！」

結果小豆梓叫得更大聲。雖然不知道有什麼原因，但肯定是必須的。所以神明沒有錯。

即使不知道為什麼，還是能分辨善惡。狗狗就是這樣的生物。

「並非因為妳是狗，那是妳自己的能力吧……」

傷腦筋的愛美神嘀咕，隨後放棄了辯解。

……雖然小豆梓這麼說也於事無補。

『……只是閒著罷了。』

其實愛美神以這句話掩飾難為情的同時，也反映了一件事。

神明原本居住在筒隱家的倉庫內，肩負保護筒隱家家人的職責。

可是這個世界非常和平。筒隱家的詛咒原本像沉痾一樣糾纏，如今早已解除，所有問題都徹底根除了。

與其說閒著，準確來說是無所事事。

除了旁觀後裔的生活以外，神明完全無處插手。沒有人來許願，也沒有人來祈求。人再也不依靠神明。

這樣當然很幸福——對人而言。

至於遭到冷落的神明，心裡到底怎麼想呢。
只有神明自己才知道。

總而言之。
神明提供建言，看要去愛美家，還是去筒隱家。小豆梓聽了便略為思考。
「汪……」
然後尾巴轉了一圈，跳下愛美神的大腿。
「難、難道妳要去橫寺家!?難道這就叫內行知門道，變態湊熱鬧!?重新考慮一下吧，故鄉的媽媽在哭泣啊！」
愛美神明顯大吃一驚，手忙腳亂。有點不明白她的意思。
「咆，咆咆。」
「什麼?……妳很感謝我的心意，但是妳哪裡都不去?這是怎麼回事?」
神明訝異地瞇起一隻眼。小豆梓當著神明的面，一步步跳下石板階梯。在最後一階摔了一跤，屁股先著地看起來好可愛。
「……嗚。」

——這裡也有屋簷汪。小豆梓扭動身體，匍匐著爬進去。

她鑽進正殿下方，地板與地面之間的縫隙。

雖然有點霉味與溼氣，還好有從參拜道路吹來的風，十分涼爽。即使有螞蟻從鼻尖走過，但是喜愛所有生物的動物愛好家小豆梓反而喜歡。

「妳果然變了呢……」

愛美神蹲下去窺看正殿下方，還說出幾句話試圖引小豆梓出來。不過知道小豆梓意志堅定後，一臉錯愕地哼了一聲。

「算了，妳應該也有自己的盤算吧。那就後會有期啦。」

就此道別後，愛美神隨即起身。轉身以輕快的步伐離開參拜道路，撥開雜木林走進去。

很快就看不見她的桃紅色雙馬尾嬌小背影。

隔著木頭柱子目送體貼的神明離去。然後小豆梓以短短的手——應該說前腳，遮住整張臉。

神明說，妳應該也有自己的盤算吧。

她說得沒錯。

自己的確在思考。而且滿腦子都在想。

難道自己真的因為想當狗，才會變身的嗎。

『換句話說，是妳自己想變成這樣。可以輕易撒嬌。輕易與他人接吻。能迅速與任何人成為好朋友，就像充滿關愛的小型犬一樣。』

愛美神這番話有點道理。

不過只看到事情的其中一面。

自己的確想要撒嬌。也曾不知天高地厚地想和任何人當好朋友。可是，正因如此——因為自己心裡很清楚。

小豆梓目前，在這個世界。

其實相當忠於自我地活著。

偶爾會夢見在其他世界，為了真心話與表面功夫的問題而傷透腦筋。脖子上還戴了麻煩的項圈，不過這是兩碼子事。實在不覺得自己內心有這麼嚴重的矛盾，甚至會下意識變身。

「嗚嗚……」

小豆梓在玩具貴賓狗的捲毛底下，發出微弱的叫聲。

如果不是因為許願而變身，那究竟是什麼呢。

難道這只是不合理又超現實的悲喜劇嗎。

就像格里高爾·薩姆莎？某天早上從讓人擔憂的夢中醒來，發現床上的自己變成一隻巨大的害蟲？

這是小說家法蘭茲·卡夫卡撰寫的故事。『變身』成害蟲的薩姆莎最後怎麼樣了呢。小豆梓沒有看完那本古典小說。主角雖然變成害蟲，卻是有智慧的生物。由於在書裡的遭遇實在太悽慘，喜歡動物的小豆梓難以忍受。

「汪，咆……」

──當初應該多看點書的，小豆梓心想。

還覺得若是橫寺陽人，那位喜歡文學的朋友的話，肯定早就知道結尾了。

即使他偶爾會講出奇怪的話，但只要是自己選的故事，他幾乎都看過。他就是這麼博學，而且愛看書。

自從升上高三，彼此的關係應該更加親近了吧。

他融入小豆、筒筒、小舞兒時玩伴三人組之間。就像行星中心的太陽一樣散發光輝。

語言不只散發溫暖而已。

甚至感覺到，他一直仔細關注光芒照不到的部分。

他有改變別人的力量。

以前冷淡的小舞，舞牧麻衣也是這樣，現在開始會注重時髦了。每天早上對著鏡子鍛鍊表情的筒隱月子也一樣。尤其下定決心，目前在希臘的大學留學的筒隱筑紫，受到他的影響最大。

難道大家都喜歡橫寺陽人嗎。

基於非常自然的情感，小豆梓如此確信。即使程度有差別，意義上也不一樣，大家肯定都喜愛橫寺陽人。

當然，小豆梓也是。

喜歡橫寺陽人這位同班同學——換句話說，將他當成可以交心的異性朋友。

當然，讓朋友在浴室裡幫自己洗澡就不用了！

「汪嗚嗚嗚嗚嗚……」

想起當時的觸感，小豆梓就忍不住扭動身體。

好難為情，好難為情汪！當時竟然會那麼舒服，比睡過頭的公雞還呆！

如果自己真的期待這種色色的事情才變身，那就真的不敢再當女孩了。下意識的叛逆也不該這麼離譜吧。

哎，說真的，自己的願望到底是——

短短的四肢掙扎擺動了一會。

然後嬌小的狗狗小豆梓，就像沒電一樣進入了夢鄉。

自己沒有作夢。

沒有從夢中醒來。

兩種形容應該都是對的吧。

像躺在床上的時候一樣，下意識朝鬧鐘伸出手。結果傳來砂土的沙沙觸感，小豆梓才淺惺忪地睜開眼皮。

沒有鬧鐘。自己還在神社下方的地面上，模樣還是一隻狗。

現實依然是不現實的現實，仍舊不講理地與早晨的空氣銜接。

目前已經逐漸習慣低矮的視線。更重要的是，大量的睡意隱藏了失望。

「——汪喔喔喔喔……」

小豆梓早上很難起床。即使變成了狗狗似乎也一樣。

小型犬模樣的小豆梓在石板上翻了個身。邊打呵欠邊吠叫一聲，好不容易才爬起來。

太陽公公在仰望的東方天空使勁扎根。

今天應該也會很熱。

音。

所以——得在手水舍（註7）稍微洗個澡才行！

當人類的時候根本不敢想這種褻瀆神明的舉動，現在卻覺得理所當然。

小豆梓邁開腳步前進。以肉墊感受還很冰涼的參拜道路觸感時，聽到對面傳來聲音。

「驅～邪～淨～化～」

聽起來像超級簡略版的祝禱詞。

比起獨特的音節，小豆梓更在意聲音本身，於是改變行進方向。在走起來嚓嚓作響的粗砂礫上伸長四肢，來個大轉身。

躲在樹蔭下窺視手水舍，見到有人穿白衣翩翩起舞。

「神～明～賜～福～嗯～喃～嗯～喃～」

是一身漂亮巫女服的愛美。

她手拿長柄杓，依序嘩啦嘩啦地清洗雙手。嘴裡唱著空靈的歌謠，同時原地輕巧圈圈。看起來就像請神的儀式。

圓滾滾的眼眸開心地閃爍光彩，與昨天桀驁不馴的表情完全不同。

受到氣氛的影響，小豆梓也配合歌詞轉圈圈。追著自己的尾巴怎麼這麼有趣

註7　神社內供信眾洗手的地方。

啊？

轉啊轉啊轉，完全不會覺得厭煩，轉個不停沒完沒了一直轉。哎呀，太陽公公在笑耶。整個世界都在旋轉，眼睛也跟著轉圈圈——

暈頭轉向的小豆梓往旁邊栽倒後，感覺有人小心翼翼地抱起自己。

「是昨天的狗狗！」

她是巫女愛美。

愛美隨手捧著肚子，讓小豆梓癢得扭動身體。無法逃脫之下被捧起來，隨即見到小女孩可人的笑容。

「我心想妳大概餓了，帶了很多吃的來喔！」

有高麗菜、麵包與火腿等，熟悉的食物接連落在參拜道路上。飄起的香味讓小豆梓餓得肚子咕嚕直響。

這時候小豆梓才發現自己餓了。身體尺寸小的生物很快就餓，這是自然界的真理。發現這一點後，自己已經再也忍耐不住。

「給妳吃！」

「汪喔！」

一聽到許可，小豆梓便撲上前，開始大口大口地狼吞虎嚥。高麗菜脆脆的，麵包軟軟的，火腿QQ的。感覺味覺比平時敏銳許多，食物真好吃！人生好開心！狗狗真幸福！

「呵呵，好乖好乖。帶波奇吃的飯飯果然沒白費！」

愛美開心地笑著，然後伸手撫摸小豆狗狗的頭。

吃飽之後，小豆狗狗才吁了一口氣。

一旁吃著三明治的愛美，緋袴旁綁著一個小小的袋子。裡面肯定塞滿了從家裡蒐集而來，小孩子能找到的食物吧。

「……啊，好像有點擠出來了？」

愛美蹲下身子，掀起緋袴的袴襬。

不知道發生何事的小豆梓仰頭一瞧。愛美的雙腿中央正對著小豆梓蹲下，所以緋袴的內側正好映入小豆梓眼簾。像木棍一樣纖細的腿根，有一塊白色三角形。星期天早上播映的魔法少女角色印在內褲上。

「竟然弄得這麼髒……」

「汪喔？」

愛美始終毫無防備。這景色有點色色，角度也有點色色。

若是當年的話，變態肯定會興高采烈地蜂擁而至。他們大概會脫掉誘惑的三角地帶，展示在橫寺小偷博物館吧。

不過小豆小狗狗不是變態橫寺一族，所以可以放心。寶物會一直收藏在巫女服之內。

不過，

到底是什麼擠出來，弄髒了什麼呢？

「妳看，肉變成這樣了。」

愛美在翻開的緋袴中窸窸窣窣地摸索。

然後掏出擠成一團火腿的碎片。是剛才分給小狗狗吃的。

「好像是從小袋子裡掉出來的。弄髒洋裝了……爸爸會幫我做新的嗎？」

一臉傷腦筋的愛美，伸手拍了拍沾到油的巫女服。難得的訂製服裝就這樣糟蹋了。

「嗚嗚……」

——吃了愛美的食物好像不該這麼說。不過當初應該裝在更大的袋子裡吧。難道有必要配合巫女服嗎。

小豆梓發出嗚嗚聲代替疑問。說起來還有一個大問題，為何她要穿巫女服。難道她的興趣是Cosplay嗎？

「不、不是啦！這是爸爸強迫我穿的！明年我也要上國中了！也覺得Cosplay興趣有點怪怪的，所以放棄了！」

愛美紅著臉急忙辯解。她特地對一隻小狗狗解釋，肯定是認真的。人的興趣真是千奇百怪啊，小豆梓用力點了點頭。

在神社 Cosplay 成巫女。

這似乎是嚮往變身的小女孩固定的願望。不論何時前往神社，她肯定都會選擇巫女服穿上。就像平行世界的人多半都有相同的行為模式。

她的『變身』願望怎麼這麼可愛啊。

「……怎麼覺得小狗狗的視線高高在上呢。」

「汪汪汪!?」

愛美毫不留情朝側腹搔癢，讓小豆梓在粗砂礫上滾來滾去翻了個筋斗。

然後愛美哼了一聲。

「今天才不是我的興趣，真的啦。爸爸說過，要讓神明降臨，穿這種服裝比較好。」

「汪……」

噢，原來剛才的祝禱詞與儀式是真的要請神啊。

小豆梓總算弄明白之後，

「汪！汪汪汪！」

慌張地汪汪叫。

——不可以胡亂進行這種儀式！小心神明會隨心所欲控制妳喔！

完全忘記這女孩已經遭到神明上身。萬一年幼巫女服女孩的變身願望，與她的身體受到神明奪取有關怎麼辦。

天平的一側是對親切神明的友情，另一側則是擔憂面前女孩的心情。但小豆梓拚命搖尾巴吠叫。

雖然對神明過意不去，可是默不作聲也不公平。不論何時何地，小豆梓都想維持公平。

「汪汪汪汪！」

見到小豆狗狗突然狂吠，愛美驚訝地拉開距離。

「怎樣怎樣，到底怎麼了？」

「咆咆咆！」

小豆狗狗一跳一撲，打落手水舍的長柄杓。然後咬著巫女服往外拉，試圖將愛美拉出鳥居外。

中止儀式，今天就回家去吧。

即使很想這麼說，但當然無法告訴愛美。所以只能訴諸實力，即使她會討厭或遠離自己都要忍耐。

心中有點刺痛的小豆梓發狂般使勁拖，愛美則始終盯著她。

「嗯……」

然後像大人一樣瞇起眼睛，緩緩撫摸小豆梓的頭。

「……我好像明白妳的心情了。」

「汪？」

「妳應該在關心我吧。謝謝妳。」

甚至還使用了禮貌的語氣，簡直像對待長輩一樣。

「不過沒關係。是我自己想當巫女的。」

——不是這個意思啦！是神明，會搶走妳的身體！

「這一切都是我自願的。必須有人陪伴祂才行——況且那個人也很可憐呢。」

愛美小聲說。

——咦？

聽得小豆梓不停眨眼。

那個人是指誰呢，當然是神明。

為何愛美會知道祂——不，如果她早就知道。

其實從見面的瞬間就有蹊蹺。

『昨天的小狗狗！』

愛美剛才這麼說。

昨天小豆狗狗說過話的唯一對象，明明只有愛美神而已。

「汪、汪喔……」

小小的小豆狗狗，小小的腦袋高速運轉思考。

如果附身對象的內心完全遭到占據，那她就不可能記得小狗狗。

可是愛美記得部分對話內容，知道神明以自己的嘴擅自開口。但她依然在進行請神儀式──

「汪嗚？」

──妳知道神明嗎？

「雖然我聽不懂妳在說什麼，但我知道有某些事物就在我附近。」

愛美輕輕摟著自己的肩膀，緩緩摩擦。

……自古以來，以小女孩或外國人請神好像是慣例──小豆梓茫然思考。

邪馬臺國卑彌呼女王的繼任者臺與，年齡應該和愛美差不多。那個國家還吸收了許多外國人帶來的神明。這些知識其實都是從小豆梓愛看的『透過動物化學習！動物漫畫日本歷史』學來的。

這肯定就是來自外國的愛美，為何與神明如此契合。

可是──

「總覺得祂有點寂寞。所以我覺得自己的身體可以借給祂一下。」

小豆梓不明白，為何她能如此同情神明。

「啊，要對神明保密喔！」

「……嗚嗚……」

不過惡作劇地吐舌的愛美，笑容是如此純潔無瑕。

她接受神明附在自己身上。這讓小豆梓完全無話可說——不對，應該較無汪可吠。

「驅～邪～淨～化～」

然後愛美深呼吸，再度唱出祝禱詞。

她大大張開雙臂，轉圈圈翩翩起舞。小小的胸膛宛如吸飽的空氣。又彷彿以神社內的清淨空氣替換自己的內在。

健康的眼眸緩緩闔起，祝禱詞的聲音微弱地消失在遙遠的空中——

然後神明降臨。

睜開眼睛後，毫無感情的眼眸注視著小豆梓。

小女孩的可愛笑容已經完全從側顏消失，只剩下高傲的冷笑。

「哎呀呀，嬌小的人類。難道妳已經安居在那副身體裡了嗎。今天似乎還很有精神呢。」

愛美神開口第一句話就是挖苦。

冰冷的眼神仔細盯著小豆梓，然後環顧四周，聲音若無其事地詢問。

「妳究竟和附身的她在這裡聊了什麼？」

「…………」

「噢，沒啦，其實妳們聊什麼都無所謂。我倒不在意區區人類的動向……是不在意。不過呢，附身對象沒有胡亂接觸，提到我的存在……或是妨礙降神儀式吧？」

「…………」

「沒啦沒啦，其實真的無關緊要。就算沒有化為實體，我也不會在意。可是想到妳昨天對我不敬，我才會覺得至少，至少應該先確認一下。真的就是這樣而已。呃，拜託，妳好歹開個口吧……」

訂正，她非常不安地詢問。神明真是老實呢。

「汪……」

小豆梓注視愛美神，心裡尋思。

由此可以得到一個答案。

——附身在愛美身上的神，不知道自己與愛美的對話內容。

小豆梓不知道神明平時在哪裡做什麼。不過假如這是多重人格的話，以主人格的身分控制其他人格的，果然還是愛美。

「我的意思是，妳該不會有所誤會吧。欸，欸。」

不知道愛美神從保持沉默，注視自己的小豆狗狗眼中看出了什麼。只見她拚命揮舞雙手。

「我也不是閒著沒事做才附在她身上啦！昨天我是這麼說的嗎？沒啦，那是文字遊戲！我附在她身上也是為了她！」

愛美神滿頭大汗，同時拚命向小豆狗狗辯解。

「因為她什麼都不記得啦。不知道可能存在的世界，以及曾經說過的話！如果我沒有維持緣分的話，覺得她很可憐啦！這是真的，拜託妳別保持沉默，開個口行不行……！」

神明對沉默的壓力特別缺乏抵抗力。

小豆梓還是不明白該說些什麼。她不知道愛美，不知道神明，也不知道以前發生的事。

只不過──覺得兩人的本性十分相似。

『必須有人陪伴祂才行，況且那個人也很可憐呢。』

愛美說過這番話，

『如果我沒有維持緣分的話，覺得她很可憐啦！』

神明這麼說。

有點像歐·亨利的短篇小說《聖賢的禮物》。彼此都一無所有的人，依偎在一起活下去。

真是溫馨又惹人憐愛──卻更讓人感到胸口刺痛。

「嗚……」

──噢，原來是這樣啊。

小豆梓好像明白自己為什麼會變成這樣了。

「……拜託，妳真的不要緊嗎。怎麼突然沒精神了啊。」

愛美神訝異地開口。

「汪……」

沒有直接回應的小豆梓，略為歪頭疑惑。

——神明，你現在很幸福嗎？

「妳這個問題真奇怪。當然啊，那還用說。」

愛美神眨了眨眼，然後略微笑了笑。

「我在這個世界沒有任何作為。沒有人向我懇求或祈禱。由於實在太閒，才會逗一逗筒隱家以外的人。」

所以——

「**只要大家都幸福，我就很幸福**。」

宛如反覆玩味般，她一直重複相同的話。

「那又怎麼樣。和妳的遭遇有任何關係嗎——」

「汪喔。」

——神明，看妳身後。

「我身後？」

愛美神不解地反問，結果導致她反應慢半拍。

「嘿嘿嘿，找到妳了……」

「咿!?怎麼回事!?」

「竟然在神社扮成巫女，今天的愛美妹妹充滿了服務精神呢！順著愛美妹妹的氣味跟來果然是對的！」

這附近最囂張跋扈的變態猛獸，流著口水張開雙臂出現在她身後。

「喂喂喂!?這是怎麼回事啊，到底怎麼搞的!?」

變態不僅從背後扣住愛美神的雙臂，兩手還伸進巫女服的寬敞袖子。愛美神嚇得拚命掙扎。

勉強轉過頭來，發現是自己的天敵橫寺陽人後，愛美神頓時臉色發青。

「你你你你你怎麼會在這裡!?難道你這鬼畜變態，已經對這個附身對象出手了嗎!?」

「哦？愛美妹妹的反應和平常不一樣呢？這還真懷念啊——」

橫寺露出思考的模樣，可是手的動作只停下短暫瞬間，

「算了沒差。這叫一幼女兩吃！」

「咿，等、等一下，等等等等一下，救命……」

愛美神慌亂不已的視線死死盯著小豆梓，隨即離去。

「來，今天繼續和我一起追求全新的三件套款式吧！」

「呀啊啊啊啊啊啊啊！」

宛如被暴風雨吹走，她被變態拉進樹叢中。

據說這一天，鬼多天神社內的甜美慘叫聲不絕於耳。

「……汪喔。」

感情深厚真是美好啊。要永遠幸福喔。

小豆狗狗滿不在乎地以前腳合掌。

到了第二天晚上。

小豆梓還是一樣將鬼多天神社當成自己的基地。然後在附近一帶閒晃，度過一整天。

心愛的父母目前在哪裡做什麼呢。雖然昨天拜託愛美神打電話告訴父母，說自己住在朋友家。

父母會不會覺得有點怪怪的，擔心自己的安危呢。

可是自己現在沒辦法回那個家。

不是他們有沒有發現自己的問題，而是為了調整自己的心情。

今晚在神社睡覺之前，小豆梓決定再巡視一圈——這個身體如果在地盤裡繞一圈，就會感到特別放心——於是依靠月光走在住宅區內。

發現某個十字路口的路燈在閃爍。

以前會覺得這種景象很詭異，嚇得全身發抖，同時小跑步快速衝過去。

現在卻覺得沒什麼恐怖。反而在寂靜的夜晚，各種氣味感覺特別清晰。

今晚的月亮高掛，既孤高，又美麗。

與壞掉的人工路燈差遠了。

在月光照耀下，映入眼簾的，鑽進鼻腔的一切都充滿靜謐。感覺夜晚就在身邊。

自然是夥伴，該回歸的場所。生活在野外的這副身體也不壞。

為什麼之前會當人類呢？

如此心想的同時，比較並鑑賞人造路燈與自然月亮。這時候一名高中女生走過面前。

「——汪喔！」

在月光下，自己肯定不會認錯。

她是兒時玩伴之一，舞牧麻衣。對於朋友不多的小豆梓而言，是最親近的閨密之一。從小學一年級開始，四人組就一直玩耍。

可能去筒隱家遊玩後在回家的路上。她穿著露肩襯衫與水洗牛仔褲，腳上穿運動鞋，打扮得十分隨興。見到緩緩走過的麻衣衣，小豆梓忍不住從電線杆的後方跳出來。

「哇。」

聽到她的驚呼聲，小豆梓好不容易回過神來，差一點就撲到她身上了。於是小豆梓立刻轉身，再度躲回電線杆後方。

「嗚、嗚……」

——真是好險。

小豆梓反覆嗚嗚叫。就算以這個模樣與麻衣衣玩耍，也只會讓她困惑，或是被她隨手打發。就像自己的父母一樣。

自己明明知道這一點，剛才怎麼會渾然忘我呢。肯定是在神社見到相親相愛的兩人——或者該說兩人與一尊神，下意識感到寂寞吧。

「——剛才那是……」

舞牧麻衣並未離開。

不知為何，她像腳生根一樣呆站在道路正中央。

「……咆……」

——難道剛才過度驚嚇她了嗎。自己不是邪惡的野獸啊。

躲在黑暗中的小豆梓一直叫，想表示自己沒有惡意。這時麻衣衣忽然開口喊。

「這聲音不是我的朋友，小豆嗎？」

大感驚訝的小豆梓，同時以嘶啞的叫聲回答。

——沒錯，自己就是小豆家的梓。

「果然沒錯……」

麻衣衣緩緩走進，溫柔地伸出手掌。然後詢問為何小豆梓不肯走出電線杆後方。

——因為自己現在已經是異類了。怎麼能大搖大擺在朋友面前露出自己的可憐模樣呢。

小豆梓以叫聲回應。沒錯，現在的自己只是一隻狗。

剛才甚至還懷疑『為什麼自己以前是人類』，而不是『為什麼自己會變成狗』。這樣下去會本末倒置，自己可能會愈來愈接近狗。

可是，啊，可是。

小豆梓發出強忍哭泣般的微弱叫聲。

「嗚嗚、嗚嗚……」

——現在見到妳，得到妳的理解，才會高興得忘記隱藏自己。拜託，只要一下子就好。不要嫌棄外表，就當成妳的朋友・小豆梓，聊聊好嗎。

之後回想起來十分不可思議。當時麻衣衣絲毫沒有懷疑這種超自然的怪異現象。小豆梓也坦率接受人與狗之間居然能對話。

兒時玩伴的關係就帶有這種魔力。

麻衣衣靠在電線杆旁，小豆梓瑟縮坐在另一側，與看不見的對象交談。

聊著今天在筒隱家吃的晚餐，在希臘的鋼鐵小姐傳來的影片郵件。還聊即將面臨的升學考試，以及名為橫寺陽人的猛獸。

簡直就像平時就寢前講電話一樣，時間緩緩地流逝。聊了好一陣子後，麻衣衣略為緊張地喉嚨發出咕嚕一聲。

「……小豆，妳怎麼會變成這樣？」

「汪喔……」

——其實自己也不知道，突然就變成這樣。

說著，玩具貴賓狗也和麻衣衣一樣，緊張地吞了口口水。

——不，其實不是。如今自己終於明白了，為什麼會變成狗。

嘶啞地叫了一聲後，小豆梓緩緩說出心裡話。

回想起來，自從高中二年級的夏天。

自己一直注視著三人的背影。

橫寺陽人，筒隱月子，還有——包括妳，舞牧麻衣的背影。

妳們三人有個共通點，那是一種看不見的聯繫，無法以言語表達的鄉愁。

可是一定會留在內心深處的重要事物。

活在這個世界上的妳們，似乎都擁抱著這種事物。

「這……」

小豆梓輕輕叫了一聲，打斷麻衣衣嘆的一口氣。

——其實自己知道，一直都知道。自己早就深刻明白，妳們並不是故意的。

當然，自己並未受到三人輕視。小豆、小舞與筒筒等兒時玩伴的關係一直很好。連後來加入的橫寺陽人都和三人玩在一起。

自己絕非對目前這個世界感到不滿。

只不過——很嚮往。

筆記本中的世界已經燒毀，再也不可能得到。

連同某些看不見的回憶，看不見也能彼此溝通的某些事物。

對小豆梓而言，全都彷彿伸手可及，卻不可能得到。就像小鴨眺望裝飾在櫥窗內的天鵝一樣。

所以全部都是自己的問題。

「……嗚嗚……」

——對不起。

小豆梓沮喪地向厤衣衣道歉。同時下意識以套在脖子上的項圈摩擦電線杆。

『換句話說，是妳自己想變成這樣。』

『那是真心話與表面功夫的象徵，特別的項圈。』

愛美神的推測果然一半對，一半錯。

這是特別的項圈，但並非象徵真心話與表面工夫。

而是沒有呈現的世界本身。

小豆梓夢見以前受到橫寺陽人的傷害，後來又受到他的幫助。在那個世界透過他的關係認識新朋友，一點一點縮短彼此的距離。隨著時間經過，彼此可以交流內心深處。

那個故事已經落幕，一切事情都已經解決。可是有種旗魚尖嘴扎在喉嚨上的感覺，一直糾纏小豆梓不放。

窺見愛美與神明笨拙地互助的模樣後，小豆梓才明白這種情感的原理。其實是單純地羨慕。

小豆梓也想與他人相互了解，彼此合作。

自己很貪心地要求一切。包括身邊的兒時玩伴們擁有的不同世界。以及自己與橫寺陽人之間的故事——

小豆梓＆桂寺隊
班員
絶賛募集中!!

——包括像王子般微笑的側顏。還有他的笑容，以偽裝填補隱藏在內心深處的虛無。甚至是不同的世界。

希望像依偎在王子身邊的小燕子，緊緊擁抱一切。

在他人眼中，這就叫戀愛吧。

可是自己卻不能稱之為戀愛。

小豆梓至今依然不曾用第一人稱。無法像月子、麻衣衣或筑紫等人以「我」自稱。全都用「自己」這種比喻表示所在的場所。

徹底缺乏自信的人，要怎麼談戀愛呢。

可是一變成狗，就在橫寺家的門口吠叫。

無法肯定自己的無聊想法，所以不敢說出口。可是又無從否定橫寺的燦爛魅力，因此難以忘懷。才會導致怪物變得這麼大。

膽小的貪心，以及驕傲自滿的相思病，讓小豆梓變成了小狗狗。

吹過住宅區十字路口的冷風，告知天色將將拂曉。

路燈還是一樣反覆閃爍，宛如現實與幻想之間的路標。月亮的高度已經下降到接近地平線之處。不知從何處沿著家家戶戶傳來狗在黎明時分的嚎叫，聽起來好淒涼。

「汪嗚嗚嗚嗚——」

小豆梓也不知不覺跟著嚎。是本能驅使她這麼做。也有可能快到了必須變回狗狗的時刻。

似乎到了分別的時間。

——可是在離去之前，還有件事情想拜託妳。

小豆梓聲音平靜地告訴麻衣衣。

這件事情請不要告訴筒筒與橫寺他們。自己的命運既然不為兩人所知，就不希望他們擔心。

還有等一下分別後，妳爬上前方一百公尺處的斜坡時，回頭看一看。希望妳再看一眼自己的現狀。

為了向妳展現自己的淺薄外表，了解兒時玩伴的本性——

小豆梓趴在地上懇求，並且誠懇地道別。

那就再見了。不論有任何意義，擁有目前自我的自己也不會出現在麻衣衣的面前了。

沉浸在悲嘆中，同時在心裡數滿一百。

數完後，小豆梓跳出電線杆後方，在十字路口現身。

「——汪喔喔喔，汪喔喔喔喔喔喔喔……」

仰頭朝向泛白失去光芒的月亮，咆哮了好幾聲。然後再度回到陰影下，從此再也不見蹤影。

……本來是這樣的。

「嗚、嗚嗚……？」

可是小豆狗狗一步也沒辦法走。

不是精神上不想走，而是真的走不了。

——咦？

莫名其妙的小豆狗狗在原地略為歪頭疑惑。緩緩回頭一看，發現自己的腳被牢牢捉住。

「汪、汪喔——!?」

是麻衣衣。

別說一百公尺，小豆梓連一步都沒走。麻衣衣不僅無視小豆梓的懇求，甚至逮住了小豆梓。

想跳開也沒辦法。

玩具貴賓狗的四肢很短，根本不足以掙扎。也完全無法反抗按住自己的人類力量。

「小豆。」

麻衣衣的眼神宛如狐狸般犀利，盯著手邊的小豆狗狗，

「難道妳是笨蛋嗎？」

直截了當地開口。

「汪、汪喔！」

——說、說這什麼話啊！自己才不是笨蛋呢！

「不是笨蛋就是蠢貨。不然就是呆瓜笨瓜大傻瓜。沒頭腦不聰明又笨又傻又呆又蠢的狗狗小豆梓。」

「汪喔————!?」

她罵得好詳細。

小豆狗狗嚇得汪汪叫，但是不知不覺中已經在麻衣衣的懷裡。

她伸手搓自己脖子下方，使勁拉開四隻腳，還搓揉狗肚子。汪喔喔喔，不行不行，身體各處又開始覺得好爽……

貪圖色色的狗狗身體愈來愈無法抵擋快樂。

仰躺在柏油路上，四隻腳呈現大字形大大張開。完全暴露的敏感部位在麻衣衣的手掌摩擦下，身心完全服從。

「小豆。」

——那邊，那邊好棒汪！小舞的技術真厲害汪！

「小豆。」

——再用力一點！再粗魯一點！

「小豆。」

——汪、汪？

被麻衣衣喊了三次，小豆梓才終於回神。

與其感到舒服，現在更覺得癢。

不明就裡的小豆梓一瞧，發現麻衣衣將臉埋在自己的肚皮上。

「想太多等於沒想。為什麼鑽牛角尖後要永別啊。不要擅自決定好嗎。笨蛋，大笨蛋……而且最笨的可能是我們吧。」

模糊的話中略為帶有淚聲。

「汪、汪……」

「因為以前和現在不一樣。我一直覺得提起往事也沒什麼意義。其實我討厭那個死變態糾纏小豆不放。也沒料到會讓小豆妳產生這種想法。當初只想讓妳遠離垃圾爛人橫寺。抱歉，我才應該抱歉。抱歉橫寺是個臭不要臉的爛貨。」

「汪？」

麻衣衣這番話感覺將某人罵得狗血淋頭。小豆梓決定當作沒聽到，否則事情會愈來愈複雜。

「讓小豆變成狗狗的不是小豆。是我。應該說我們。」

「咆！咆咆！」

——才沒有這種事！

「就是這樣。或許不見得，但我希望是這樣。我想為小豆的人生負起責任。讓我負責吧。」

麻衣衣的對著小豆梓的肚皮呼氣，抬起埋在肚皮上的臉。她略為緊咬嘴脣，視線與小豆梓齊平。

「我們明明是朋友。雖然正因為是朋友，有些話不能開口。但我依然希望和自己的朋友在一起。想看見相同的事物。」

「嗚嗚……」

從側腹被麻衣衣捧起來的小豆梓，略為別過視線。

可是自己都已經變成狗狗了。萬一無法恢復人類的外表，怎麼能在一起呢。

「為什麼。」

——因為有許多地方不方便……

「怎麼會。」

——會、會立刻失去理性，想舒服一下！明明是考生，這樣下去怎麼去學校啊！

「噢，的確有可能。」

麻衣衣視線望向斜前方，做出思考的動作。

「可能沒辦法仔細聽課。小豆可能會隨時在教室裡亂衝亂跑。」

——是、是嗎……

「會跑到變態爛人橫寺的桌上，嘩啦～一聲尿尿。」

——才不會啦!?

「狗狗會占地盤。妳真的能保證自己不會輸給本能嗎？」

——嗚嗚……

聽到麻衣衣機關槍般的質問，小豆狗狗立刻即將舉白旗投降。不行了汪。自己果然是本性沒什麼用的畜生汪。

「不過有什麼關係呢。」

麻衣衣吁了一口氣，視線回到原位。

平時總是冷淡的眼神略微瞇起，說不定她只是在開玩笑。這位兒時玩伴總是這樣。

「反正都是無關緊要的小事嘛。」

然後她笨拙地笑著，緊緊摟住小豆梓。

「包含這些小事，全都是小豆的一部分。我會負責向所有人說明。也會幫妳擦掉尿尿。乾脆用橫寺的衣服來擦吧。」

「……汪、汪……」

這樣很不錯耶。小豆梓不小心想像橫寺沾滿自己氣味的模樣，全身的毛都忍不住顫抖。

雖然不知道該從哪裡開始否定，可是不能一直受到小舞的照顧啊汪！

「才不會這樣。怎麼可能會呢。」

麻衣衣搖了搖頭。

「因為嘛。小豆變成狗狗本來就沒有道理。又不是向神明祈禱過。我認為問題根本就出在小豆妳的心情上。」

「汪？」

「如果心情就是原因。只要小豆妳心念一轉，應該隨時都能恢復。因為。」

——俗話不是說嗎，戀愛的女孩會使用魔法。

麻衣衣說得理所當然。

「汪喔……」

小舞一臉認真地說著戀愛與魔法之類，一點也不像妳汪……啊，開玩笑的，等等別搔側腹的癢汪汪喔喔喔！

坦率的小豆梓接受麻衣衣制裁的同時，開心地笑出來。

麻衣衣也跟著笑。還眯起狐狸般的眼眸，看朋友歡笑的模樣。

「就算無法恢復原狀也沒關係。在我家過一輩子就好。」

——這樣啊，那真的可以放心囉！

小豆梓放鬆肩膀的力量，輕巧地跳到地上。

一人一狗並肩走在十字路口的正中央。

即使視線高度不一樣，道路依然筆直在兩人面前延伸。

人生會持續下去。

即使有時候會繞路摔跤，或是走回頭路。

但依然必須擁抱封閉的世界，走在面前的道路上才行。

「所以說，小豆。」

「汪？」

「今天一起回去吧。」

「汪！」

聽到麻衣衣冷淡的一句話，小豆梓吠叫一聲回應。

然後。

「汪……」

……我就從今天開始加油吧。

小豆梓以只有自己聽得見，為了自己的第一人稱呼低語。

終幕

「……麻衣衣，剛才的故事是真的嗎？」

我們並坐在咖啡廳的櫃檯座位。和煦妹邊喝著茶，同時視線朝上看著我。

「同學變成了狗……是嗎？該怎麼解釋這種現象呢？」

現實中不可能有這種超自然力量。奇妙又精采刺激的悲喜劇發生在朋友身上。還是在麥當勞聊天的高中女生現象（意思是虛構的）。

這究竟好不好笑呢。她的表情讓人很難認真探究。

「誰曉得，隨便妳吧。」

我冷淡地搖搖頭。

這個故事的確沒頭沒腦。而且許多地方是道聽塗說，還有一部分是我自己補上的。即使是親眼所見，但我如果聽別人講相同的故事，我會先懷疑對方。不是懷疑真假，而是懷疑對方腦袋有問題。

「可是麻衣衣又不會露出這種表情開玩笑……」

「我只是說出自己見到，聽到與思考的事情。判斷真偽與否，要由妳自己思考。」

可是在這個世界上，任何人都會變成動物。

有時候我也像小梓一樣，沒辦法說出想講的話。

別人眼中的『我』以及自己心中的『我』相互摩擦。有時會導致我的腦筋糊塗，想變成老虎。

到頭來，變成狗的現象已經不是重點。這是文學上的隱喻，重點在於故事的核心。雖然我不知道核心是什麼。

「唔～嗯～唔……小豆豆後來怎麼樣了呢？」

和煦妹緩緩喝著熱可可。似乎想試著連同溫熱一起喝進肚子裡。還沒來得及評論故事，她便繼續追問。

「不久後回來了。大約隔了一星期吧。」

變成小狗的期間，她睡在我家。不過在小豆家，可愛的獨生女因為晚過頭的反抗期失蹤一星期，肯定雞犬不寧吧。

小豆變回人類之後，似乎告訴那個變態男一些事情。不過那又是另一回事，跟我無關。

「麻衣衣心裡在想什麼，馬上就會寫在臉上呢～」

「啊？」

「好～乖好乖好乖好乖好乖～」

「就叫妳別這樣了啦，討厭討厭討厭，討厭鬼～」

假裝擦手巾掉到餐桌下的和煦妹，馬上再度對我搔癢。手伸進衣服就算了，拜託別伸進內衣，討厭耶。

「大家即使到了這個年紀啊，依然會面臨許多事情，有許多奇遇呢～」

和煦妹一邊揉我的胸部，同時深深嘆了一口氣。

「怎麼突然講話像老奶奶一樣。」

「說這句話的ㄋㄟㄋㄟ是這對ㄋㄟㄋㄟ嗎？嗯？」

「又變好色大叔了！」

我稍微用力巴了她的頭一下，她才不情願地回到自己的座位。

而且手上多了一件水藍色，輕飄飄的戰利品——

「立刻還給我，不然我真的掐死妳。」

「咿～！」

「還給我的話，之後再慢慢掐死妳。」

「麻衣衣的處罰好嚴厲喔！」

怪不得剛才胸口涼颼颼的，原來是這樣。還好有觀葉植物遮住座位。我搥了一頓和煦妹後，她卻打趣地笑出來。

「總覺得真是神奇。」

「什麼啊。」

「明明最近才和麻衣衣做朋友，卻彷彿很早以前就認識了呢。我感到好高興，卻又覺得感慨良多，但還是很開心。」

「…………」

的確。

任何人都會面臨許多事情，有許多奇遇。

我與和煦妹都一樣，在別的世界相識又分離。如今又再度恢復彼此的人際關係。

大家都有各自的人生，其實這是理所當然的。

我沉默不語，和煦妹便有些不安地眨眨眼。

「咦，我說錯了嗎……？」

「胡說什麼啊。」

我嘆了一口氣。

「如果我們不是朋友，剛才的舉止就是犯罪。即使是朋友也算犯罪，趕快還給我。」

「朋友嗎……原來如此～」

「別管了，趕快還來。我掐死妳喔。」

「呵呵呵～」

和煦妹開心地呵呵笑。

真受不了她，真是的……算了，無妨。

我透過吸管飲用冰茶。沒加糖漿球的冰茶有點甘甜，也有點苦澀。

大概就像人生的滋味吧。

感覺就像所剩無幾的高中女生時光。

之後——

嘰嘰嘎嘎，或者該說，嗯嗯啊啊——

床鋪的彈簧發出甜美的響聲。

從窗外撒落的陽光進一步凸顯了床單的陰影。凸顯得更加淫靡的皺褶上，我們的雙手與其他部位都零距離連結。

「學長，這樣如何呢。」

「……唔、嗯……」

「究竟是好呢，還是不好呢。」

「這個啊，該怎麼說，呢，嗯……嗯……」

我聲音微弱地含糊回答。拚命忍著喘氣的我，應該沒辦法完整回答她。

不過略顯主動的月子妹妹明顯露出不悅的神色。有點像接受挑釁的好勝小貓一樣。

「知道了。既然為了學長，那就開始負距離連結吧。」

月子妹妹以嘴裡叼著的橡皮筋綁緊頭髮。然後半個身子迅速騎在我的腰上。白皙纖細的手指熟練地握住小橫寺。

假日早晨，我和月子妹妹你儂我儂地啪啪啪。

如果開篇這樣寫，會不會突然瀰漫緊張感，感覺氣氛高漲呢？喂喂喂，就算這一篇是額外內容，居然跳過前戲直接開始喔？尤其是特定身體部位愈來愈『高漲』……沒感覺？

不過真的沒辦法跳過前戲，油門踩到底飆車。否則橫寺老司機可能會被月子妹妹激進派拖去出砍了。或是責編真的回家吃自己。所以很可惜，這一段不能那樣寫。

其實雖然是那種劇情，不過沒那麼刺激啦。

「唔……如果要添加明顯的文學靈感，可能會出現學長喜歡的色色情節呢。」

表情有些嚴肅的月子妹妹，右手握的其實是一支原子筆。

她的面前放著大學的筆記。撰寫的是故事。

寫的內容是只有我的故事。

希望各位想起來，其實讀書和啪啪啪本質上是一樣的。如果有誰聽不懂，麻煩趁這個機會回顧一下我們的故事。

在一本杉的山丘上，幾年不見的我們花了很長一段時間，仔細閱讀筒隱月子寫的十幾本筆記本。就是那件事。

那些筆記本很久以前就燒掉了。但是別看月子妹妹這樣，她非常專注呢。之後她就迷上了寫作，偶爾會讓我看她自己寫的故事。

「可是內容很難讓學長感到滿足呢。」

筒隱嘴嘛成三角形抱怨。

「唔，其實……沒有，啦……」

我呼吸急促地回答。

最近早上養成確實運動的習慣。我好歹也是大學生。體力要是比以前念高中參加田徑社時還差，可就太丟臉了。

目前我正在床上訓練背肌。月子妹妹騎在我的腰上，幫我添加了適當的負荷。話說她的體重過了這麼久都沒增加呢。

老舊床鋪的床腳嘰嘎作響，彷彿在演奏我的呼氣與和聲。筒隱邊聽這些聲音，同時握著我的左手輕巧地使勁揉捏。

她大概透過這種方式尋找思考的節奏吧。

「可是都沒辦法成為最棒的傑作呢。到底缺了什麼呢，果然還是文學吧。活用《奔跑吧美樂斯》或《山月記》的架構還不夠嗎。是不是連登場人物的本質部分也要凸顯文學元素……？」

她輕捏手掌，在我的腰上左晃右晃。尾巴髮束隨著身體舒適地搖晃。

不過她的視線始終盯著手邊的筆記本。神情嚴肅地尋找自己寫的故事有哪裡可以改善。

完全就是小小文學創作者呢。

有點太鑽牛角尖了。

「月子妹妹是不是誤會了啊？」

「嗯，誤會什麼了嗎？」

「文學元素與有趣幾乎沒有關係啦！讀者想看的不是有點晦澀的內容，而是更開朗有趣的故事！」

「開朗有趣的故事……」

「意思就是歡樂又親密，與女孩子之間的溫馨愛情喜劇！整篇故事開心又快活，而且讓人擋不住！所有人都幸福快樂地生活的故事！」

在我腦海中的小橫寺像個精明編輯，毫不留情地批判。

這種硬性規定真是可怕啊。創作應該更自由一點……我搖了搖頭，可是無法徹底擺脫這種想法。

我透過經驗得知，小橫寺的主張可能是正確的。

因為我是唯一的讀者，只有我能客觀掌握三種文體。分別是月子妹妹想寫什麼，能寫什麼，以及該寫什麼。

「文學就停留在文學，這樣沒什麼不好。但是月子妹妹老師可以寫些更厲害的內容！」

「是嗎？」

「不想寫些更棒的內容嗎？不想讓讀者更興奮嗎？」

「可是這樣的內容就很好了。原來是想咬餌的變態呢。」

「月子妹妹老師的風格，應該是有點色色的青愛情喜劇！想想自己色色的寫作風格！現在就回歸原點吧！」

「這種變態時空的原點根本不存在吧……」

筒隱聲音冷淡地回應。但她依然點頭示意，並且反覆閱讀大學筆記本。

「……總之我試著寫寫看。」

既然她開始振筆疾書，似乎代表成功刺激了她的創作欲。

我沒有實際看過編輯這種生物，但應該就是這樣掌握作家的創作方向。由於我不會寫故事，所以有點嚮往。明年去出版社實習似乎也不錯。

我一臉笑咪咪地注視繼續寫作的月子妹妹時，

「呼啊……一大早就像相親相愛的兔子一樣熱鬧汪……」

聽到大大的呵欠聲。是從頭上傳來的。

小豆梓從雙層床的上鋪探出頭來。

即使上了大學，她還是一樣早上爬不起來。從她連爬帶滑地從梯子下床來看，應該還沒完全清醒。

「小心會摔跤喔，慢一點。」

「汪呼……」

她似乎聽成『等一下』，乖乖坐在床邊。無可奈何之下，我伸出手掌摸摸她的下巴。

「好乖好乖，好乖好乖。」

「……多摸一點……」

柔順秀髮依然亂糟糟的她，就這樣閉起了眼睛。小小的下巴在我的掌中托著，身體舒服地搖晃。糟糕，她今天又要睡回籠覺了。

不過也不能怪她。畢竟她是這個家裡最忙的人。

小豆梓考上志願中的大學獸醫系。每天不是辛勤寫報告就是查資料，忙著自修。

由於捨不得從住處到大學之間的通勤時間，週末她經常來我們家住。

高中畢業後，我和筒隱就在外頭租房子。

位置是距離都心車站步行十五分鐘的公寓二樓。很容易前往我們就讀的大學。雖然幾十年屋齡就像彎曲的老樹一樣佇立，不過住起來挺舒適。

因此租金也不貴，能租到這麼寬的一房一廳一衛相當划算。光是臥房就有五坪。原本以為我們兩人住都太寬，但很快就不用擔心這個問題。

『睡、睡角落就可以了。角落，房間的角落。陽臺也行，乾脆吊起來好了。像晴天娃娃那樣。就像寄居蟹暫住一樣，睡哪裡都可以。』

第一次錯過電車，在我們住處過夜時。小豆梓的雙手食指對戳，愁眉苦臉地詢問。

『所以，今後我能不能也在這裡過夜呢……』

『每次來都要搬出棉被，打掃起來有點麻煩。』

『也、也對。嗯，嗯，抱歉，忘了我剛才說的。』

聽到家內全權大臣筒隱提出異議，小豆梓有些失落。不過月子妹妹應該喜歡打掃，這個理由有點奇怪呢。在我如此思考的時候，她已經從老家倉庫深處挖出一張雙層床。

『所以這是小豆專用的床鋪。』

『月、月子妹妹！』

她們兩人感情真好！

緊緊擁抱在一起的筒筒與小豆友情讓我好感動，

『好，讓我也加入吧！』

我也脫掉衣服摟住她們。結果當天我被處以晴天娃娃之刑，吊掛在陽臺上。會淋到雨耶！至少讓我穿上衣服嘛！

『其實只要找找，應該有比雙人床更大的尺寸吧。』

我向月子妹妹提議，可以三人共睡一張床。結果小豆梓堅決反對，所以至今依然維持雙層床政策。筒筒睡下層，上層是小豆的空間。

彷彿很近又很遙遠，看似遙遠又很接近。

兩人的窩位於絕佳又微妙的位置。要理解這究竟有什麼含意，比尋找孿生質數還困難。

總而言之，

「昨天也累了呢，今天也要加油喔。」

「……唔唔……」

「哦，好乖好乖，好乖好乖！」

我不停撫摸小豆梓細長的喉嚨。

這絕不是在輕視她，而是長年研究的成果。同年齡層的她，在這種接觸狀態下似乎最能放心。

白皙的肌膚很熟悉我的指頭，溫熱血液的流動感覺傳到手上。然後她吐出舌頭舔我的手掌做為回應，今天也很有精神呢。

小豆在外頭是動物醫生，在家裡就和我一起玩醫生遊戲！這就叫雙向醫療溝通吧！其實我也搞不懂自己在說什麼。

「……欸嘿嘿。」

她穿的睡衣像桃紅色鵜鶘，一臉睡眼惺忪的模樣。半夢半醒的小豆狗狗笑得好柔和。

只有早上這段和煦的時光可以悠哉與她交流。

「小豆同學如果能多依賴我們就好了。」

筒隱輕巧地從我的腰跳下來，一步步走在地毯上。

五坪大的臥房內放滿了雙層床，梳妝臺、電視與靠枕等家具。月子妹妹在中央手扠腰，

「和這麼大的人相比，就像誤差一樣微不足道。」

板著臉低頭往下看。

「喵？怎麼回事？難道在說我嗎？」

回應的聲音從她腳邊傳來。

上下顛倒的鋼鐵小姐非常遺憾地仰頭瞧。同樣遺憾的雙腳在月子妹妹的頭頂上搖晃。

我們的鋼鐵小姐在房間正中央，大大方方地倒立。頭像圖騰柱一樣倒插在青豆靠枕上。

「在說姊姊差不多該獨立自主了。」

「我這樣還不夠獨立自主嗎！」

「是嗎，真是可喜可賀呢。那麼姊姊究竟為何，到底為什麼，會做出這種奇妙不可思議不明就裡的姿勢呢。」

「這是兼具遊戲與研究！鍛鍊軀體同時促進血液循環！一舉兩得，一箭雙鵰，居家平安，無病無災，國家安康君臣豐樂！」

她這段話塞滿了聽起來很聰明，其實一點也不聰明的成語。和她試圖同時鍛鍊左右腦的考生時期相比，絲毫沒有成長……

「話說月子。」

鋼鐵小姐右腳的腳背一轉。

「能不能讓開一點。因為妳稍微擋到畫面了。」

她手中握著遊戲機的手柄。

視線另一端的電視畫面，顯示碧姬公主對瑪利歐殺球的網球遊戲。

筒隱筑紫一大早就在打電動。

而且可怕的是，圖騰柱小姐從昨晚就維持相同的姿勢沒變。過於熱衷遊戲的她，絲毫不動如山。

短褲與襯衫的衣襬掀開，鍛鍊過的結實腹部與雙腿裸露在外。看到她身上愛穿的『天上天下唯我獨尊』襯衫，就有種國破山河在的幾許淒涼感。

在無菌培養下長大的筒隱筑紫，上大學後學到許多不好的消遣。打電動就是其中之一。

每週假日一來我們這裡，就面不改色玩三十小時最愛的體育類遊戲。而且她還倒立玩，或是一隻手邊做伏地挺身邊玩。由於很難說她這樣對健康有害，才更傷腦筋。

「其實可以好好罵姊姊一頓。這樣不傷腦筋，但是對健康有害，而且姊姊頭腦不好。」

「這樣說太過分了吧，月子妹妹!?」

「學長太寵姊姊了。拜託快點讓姊姊戒掉遊戲吧。」

鋼鐵小姐偶爾回到我們家時，筒隱總會氣噗噗地發脾氣。但她依然嘴裡碎碎念，同時勤快地照顧她。

姊姊在海外留學的時候，月子妹妹經常沒由來地發呆。甚至一天吃三頓飯就蓋起電鍋不吃。平時她都吃七餐的，所以這肯定很嚴重。

一旦定時報平安的電話晚了些，她就心神不定。所以現在這樣說不定剛剛好。

另一方面，鋼鐵小姐完全不懂妹妹的想法。

「嘿，呀。喝……呶……」

眼神認真地盯著顛倒的畫面，喀噠喀噠地按著手上的手柄。

「最後一球！好呀，贏啦！哇哈哈哈！」

伴隨庫巴般的勝利姿勢，畫面上的碧姬公主使出一記截擊，贏得了勝利的V。

碧姬公主可能是鋼鐵小姐喜歡的角色，每次都使用她。其實鋼鐵小姐更像以為自己是碧姬公主的庫巴。

「怎麼樣，橫寺，要和我對戰嗎？」

「唔，社長很強耶。」

「……之前我已經說過，別再叫我『社長』了。」

鋼鐵小姐不悅地嘟起臉頰。

「我都已經退社多少年了。況且如今我們都是大學生，應該找個適當的稱呼。」

「比方說什麼呢？」

「這、這個……無所謂，你可以自己想！」

她握著手柄的手指扭扭捏捏，彷彿想說些什麼。結果她還是鬧彆扭轉過頭去。

畫面中等待輸入指令的碧姬公主，在自訂服裝功能下穿著結婚禮服。

顏色十分漂亮，在蔚藍地中海與白皙的小鎮上應該相當好看。
讓我覺得應該也很適合某人。
當然我也知道，庫巴姬的可愛完全不輸給碧姬公主。
「我知道了，那就來對戰吧。」
「唔？」
「如果我輸了，就以名字完整地稱呼社長。」
「噢，噢，好喔……」
社長的背扭來扭去。
由於扭動得太厲害，結果咕咚一聲倒在地毯上。挑戰金氏世界紀錄的倒立就此結束。社長仰面看著我。
「嗯，唔唔，不錯喔。這個提議不錯喔！附、附帶一提。」
「什麼事？」
「能不能好歹先練習一下，現在就喊我的名字……？」
「不～可～以～」
「好過分！橫寺，你是鬼，惡魔！」
鋼鐵小姐的雙腳在空中亂踢，看來她相當高興呢。而且還呵呵笑出聲，臉頰微微泛紅。

我原本以為面對心術不正的鋼鐵小姐，還有一絲勝利機會，

「那麼——來一決生死吧。」

結果她的眼神搖曳著火光。我心想慘了，這代表她現在變得超強。

各種放棄的我坐在坐墊上。

鋼鐵小姐的頭自然而然躺在我的腿上。柔順的黑髮微微搔著皮膚，感覺好舒服。我輕輕梳理她的秀髮，她也舒服地呼了口氣。

彼此的體溫交融，正準備開始第一場比賽時——畫面突然變黑。

「啊，拜託，等一下，妳在做什麼啊!?」

鋼鐵小姐發出悲痛地呼喊。

以為踩到電視遙控器的是變成老媽子的月子妹妹——結果並不是。

「原來這是開關啊。剛才沒發現。」

「發現的話就快點打開電視啦！」

「少囉嗦，橫寺。一大早打電動是變態的起點。」

麻衣衣不悅與不講理的聲音算是她的招牌了。

太無情，太暴虐了！不小心關掉電視，一點都不覺得自己有錯，還一臉冷淡！

還好對象是忍不住聯想到逆調教遊戲的我。她可能說得沒錯，玩遊戲真的是變態的起點。

念高中的時候，舞牧麻衣一直黏著鋼鐵之王不放。最近則想盡辦法遠離社長。

『筑紫妳應該多運動。太超過了。都可以捏到肉了。』

『沒禮貌!?堅決反對沒有事實根據的抹黑！』

『那這是怎麼回事。』

『啊，住手，別這樣！不可以碰那裡……』

『看。妳看妳看妳看。妳看妳看妳看妳看。』

『哎呀討厭呀呀呀呀呀！』

最近甚至剛洗好澡後，對身材做出嚴格的批評。

我記得很清楚，鋼鐵小姐的尖叫聲甚至傳到浴室外的更衣室。原來鋼鐵小姐會發出這種叫聲啊。她身上披著一條浴巾在做什麼呢……結果她從隔天開始熱心地展開倒立訓練。

麻衣衣當然不可能討厭社長，肯定還是心愛的對象。但不像念高中時一味地肯定了。

我的看法是，麻衣衣打電動的技術差到有剩。就算玩鋼鐵小姐著迷的運動類遊戲，也沒有任何一款能當她的對手，才不覺得遊戲有趣吧。

取而代之，她即使上了大學依然堅持田徑社。

最近頭髮似乎長了。不過她只在家裡綁馬尾。讓人回想起當年的時光，勾起鄉愁呢。

「筑紫妳偶爾也聽聽月子的話。到外面運動一下。小豆不要這麼輕易讓變態摸下巴。要有自己的身體屬於自己的氣概。」

麻衣衣手腳俐落地向所有人下達命令。

「……嗚？」

剛起床的小豆梓還處於自我融化的狀態，

「吸……」

面對比自己更精於田徑之道的人，鋼鐵小姐也不好發脾氣。

看來筒隱家成員內的勢力平衡，已經進入了重大變革的時期。

不過世界上到處都有食物鏈。

「麻～衣～衣～」

伴隨悠哉的呼喊，一雙手突然從她身後冒出來。

「不可以喔，怎麼可以嫉妒呢。」

「胡說什麼別這樣不要亂碰。」

「讓我告訴妳，早晨嗜好的真實運動遊戲有多棒～」

「就說不要抱著我了別這樣大家都在看橫寺也在場快住手別鬧。」

歡喜碰碰狸小姐，不對，和煦妹一如往常，緊緊扣住麻衣衣的手腳。

宛如將人拉進黑暗中的女郎蜘蛛，麻衣衣被和煦妹拉進鋪在地上的毛巾毯。

「還沒睡醒嗎快放開我笨蛋狸貓。」

「誰是壞心眼狸貓呀～？」

「啊等等等一下別這樣。那裡不可以。真的不可以。不是開玩笑的。」

「嗯呼呼呼呼～」

「啊啊啊啊……」

每次毛巾毯略為翻起，襯衫啦，襪子啦，雙峰駱駝形狀的布片就往外丟。甚至還有三角形的小布片與髮圈。

然後兩人開始隔著毛巾毯玩起摔跤遊戲。今天同樣為各位帶來不能無限制數到三的死亡賽制。

我們沒有直接邀請過和煦妹。但每次麻衣衣來玩，隨後都會接到和歌本同學的手機來電，問我們可不可以現在過去。反正又沒有拒絕她的原因，況且彼此利害關係一致。

「好，準備完畢～全熟的麻衣衣完成囉～」

「咿……呼……」

和煦妹悠哉地從毛巾毯探出頭來。另一人麻衣衣則全身抽動，僅略為露出腳尖。

然後和煦妹朝我眨眨眼，

「王子也要要加入嗎？」

「我很樂意！」

今天同樣準備召開麻衣衣大陸分割協議囉！看我撲向甜美的溫柔鄉，

「呀！」

在我即將一頭栽進喘氣的柔軟哈密瓜瞬間，被人一把拎住脖子抓回來。

是誰的如來神掌啊，我回頭一瞧，結果卻是魔王的右手。

「…………」

逃跑指令無效的最終頭目Moon Child妹妹板著一張臉，緊緊扣住我的衣領。

「不、不是啦，月子妹妹！」

「是嗎，果然是變態呢。」

「我絕對沒有任何邪念，純粹出於求知的好奇心。還有成人社會科觀摩。應該說要認定我是變態的話，能不能先聽我辯解啊!?」

「是嗎，果然是變態呢。」

「這簡直就是頭目戰前強制豎起戰鬥 flag 的對話事件耶！」

「是嗎，果然是變態呢。」

不只最終頭目妹妹，我也不只上半身動彈不得。

仔細一瞧，鋼鐵小姐的腳纏住了我的下半身。剛才遊戲被強制關機的打擊，才讓她像小孩子一樣嘔氣。不過腰部以下真有精神啊，無處發洩的鋼鐵力量對我使出螃蟹腳攻擊。

「糟、糟糕（註8）……勒住啦，脖子和大腿都勒住啦！」

「人生順便終結不是剛剛好嗎？」

「直接塞進抽屜裡收起來吧。」

「不要姊妹聯手終結好嗎!?」

密謀筒隱姊妹柔軟地壓住我的上半身與下半身。眼看無力的橫寺同學即將倒下。

不過在最後一刻，好不容易踩穩腳步。

「這是……！」

因為有個溫柔的女孩輕輕拉動我的袖子。

這次在回頭之前我就知道了。傾注滿腔思緒，大家一起喊吧。

註8　日文音同勒住，下文的終結與收起亦同

救救我，大正義小豆愛勒！

「……啊呼……」

……小豆愛勒？在做什麼啊？

回應呼喚的只有她的酣睡聲。小豆梓的眼睛依然比天岩戶更加封閉，低頭不斷摩擦我的手掌。看來她只是想靠在我身上睡覺而已。嗯，我早就知道了！

我們幾人就這樣混戰成一團，在我仰天長歎完蛋了的瞬間。

噹的一聲，鐘聲宏亮地響起。

這不是幻聽。

我又聽見了。宣告混亂的回合結束，宛如天使的福音。

一直傳來噹噹噹的聲音。

是從銜接飯廳的大門口傳來的。

「沒用的傻瓜大學生們。吃早餐的時間到了，還不趕快換衣服。」

一臉錯愕的愛瑪努艾勒・波魯勒蘿拉，不停敲著平底鍋與湯杓。略為長高後的成熟髮型好可愛！

愛美爸爸在我們就讀的大學擔任教授。由於邀請我們參與專題討論，愛美偶爾會來我們家玩。

她和筒隱輪流製作早餐，可能是為了學習當新娘。這種說法在蘿莉控學會中較為有力。拜託，愛美要學這些還太早啦！抱持反對意見的反抗軍經常大批湧入學會抗議，所以始終沒有結論。

「話說愛美，妳的制服真可愛！Cosplay 國中女生耶！」

「這是貨真價實的制服啦，南瓜頭。什麼 cosplay 或徹底扮演，早就不玩那種幼稚的遊戲了。」

愛美在國中加入合唱團，似乎連假日都熱心參加社團活動。今天同樣準備去學校吧。偏短的水手服與廚房用兔子圍裙穿在她身上，顯得楚楚動人。

「貨真價實嗎……意思是可以脫掉吧!?」

「你是貨真價實的變態吧？」

見到我步步進逼，愛美成熟地嘆了一口氣。

熟悉如何應付我的她，以平底鍋當盾，湯杓當長矛。好燙好燙，難道這根湯杓剛才用過嗎!?

「趕快去洗把臉吃早餐吧，變態南瓜。」

「嗚嗚……」

我忍不住落淚。

愛美最近都不讓我好好搔癢，我感到好難過。因為她略微長高了吧，孩子都會長大呢。

比起身體年齡，她是精神年齡最大的人。我們就像民族大遷徙一樣，魚貫走出房間。

多虧房屋整修過，有兩處洗臉臺。不過早上的洗臉間總是塞得堪比連環車禍。

「話說今天早餐吃什麼啊。」

「雞蛋三明治、雞蛋湯與蛋包飯。」

「哇，都是最喜歡吃的！」

「只要能塞進胃裡，任何食物姊姊都最喜歡吧。」

「筒筒沒資格說別人吧？」

「即使是月子也不喜歡吃椅子和桌子吧。」

「家具應該不算能塞進胃裡的食物吧……」

「真是太遺憾了。我最近也在減肥呢。」

「咦，不會吧!?」「想也知道是亂講。」「虛偽不實是為惡。」「大家都笑得好尖銳喔～」

「好了不要再擋路了啦，慢吞吞的大學生！」

六個女生兩臺戲。

在輪到我梳洗之前，我趁機瞄了一眼廚房水槽。

沒有用到的盤子上淋了一大堆番茄醬。該不會是殺人預告吧？我正準備念絕命詩，發現其中隱藏著某種刻意的圖案。

「……是兔子耶！」

她想在蛋包飯上畫圖，結果練習好幾次後徹底失敗。難怪會變成這種亂七八糟的痕跡！還寫了給筒筒、給小豆等大家的名字後又抹掉！好可愛！

「沒有寫你的名字喔？」

「妳說什麼!?」

擠到我前面的愛美哼笑一聲。

她打開水龍頭，嘩啦嘩啦地急著沖掉失敗的番茄醬痕跡。

「真的耶!?居然沒有寫給橫寺同學的訊息!?怎麼就我沒有啊!?」

「笨蛋，阿呆，笨南瓜。」

「為什麼只有橫寺同學沒有名字，卻有一大堆練習過的『給大哥哥』啊!?為什麼？欸，為什麼啊？」

「……啊!?你、你在看哪裡啊！」

小小的脖子頓時羞紅，嘩啦一聲濺出水來。

「愛美妹妹，我就是大哥哥!!」

「嗚呀啊啊啊啊!?」

「嗶哇哇哇哇！謝謝妳每次都和月子妹妹煮好吃的飯！來一次『愛愛大旋轉』當作答謝吧！」

「呀，放開我！笨笨大南瓜！不要摸奇怪的地方！！！」

我從身後抱住她的腰，捧起她嬌小的身子，在廚房裡轉圈圈。

愛美滿臉通紅不停掙扎，用湯杓使勁戳我的側腹。國中女生版本的她也很可愛呢！

「開動了！」

面對散發美味香氣的餐點，所有人雙手合十。

餐桌和椅子當然不夠讓所有人坐在一起。所以有人坐在靠墊上，有人靠著廚房吃，也有人想倒立吃。每個人的姿勢都不一樣。

總之重點在於大家一起享用。

早餐就是這樣。

「接近交報告的期限了，卻完全寫不完。今晚要像築巢的熊一樣窩在圖書館裡。可能要到接近末班車十分才回來。」

小豆梓喃喃自語。

一隻手拿著三明治，另一隻手確認放在桌上的眼鏡情況。

小豆梓念書時掏出眼鏡戴上時，讓我大吃一驚。不過我心想，這樣晚上的選項就增加了耶。讓聰明小狗狗等待的玩法不錯耶，真想尋找各種可能性。

「我啊，今天沒事做，就去遊戲專賣店爆買吧……」

「姊姊要關在黑漆漆的自習室裡。」

「為什麼啊!?」

鋼鐵小姐嚇得發抖，月子妹妹板著臉。

將來要怎麼打算？要找什麼工作？要怎麼維持生計？

不難想像要針對鋼鐵小姐光輝燦爛的未來，召開第三十六屆筒隱家檢討會。另外上星期的第三十五屆檢討會內容是：

『別擔心，我已經找到未來了。我有祕密計畫！』

『……哦，請姊姊說來聽聽看。』

『就是找個好男人，掌握長期飯票！』

『姊姊絲毫沒有成長……』

鋼鐵小姐喜孜孜地提議，結果被氣噗噗的月子妹妹唸個沒完。我記得最後她淚眼汪汪地哭喪著臉。

無可奈何之下，當天晚上我只好使勁安慰她。筒隱筑紫妹妹年過二十還哭得淚眼汪汪。老實說，我實在不覺得她可愛……難道我是變態嗎？

「看著鏡子悔改吧，大笨蛋。」

麻衣衣板著臉，在自己的蛋包飯上亂抹美乃滋。她的這種飲食習慣正逐漸傳播到我們家，有點傷腦筋。

「妳說今天不吃晚餐嗎？」

負責採買食材的人是我。我一問，麻衣衣便點點頭。

「下午有社團活動。傍晚和社團的人喝酒。然後直接回家。」

「那我就在社團酒會露個臉，然後陪她一起回家吧～」

和煦妹悠哉地揮舞長長的袖子。她靠在麻衣衣身旁的靠墊，和煦地眨眨眼。

「放心放心，我會宰光所有對麻衣衣出手的男人喔～」

「哇～好放心喔。」

我謹慎地舉起雙手。或許和煦妹看起來十分和氣，開著和煦的玩笑。但她可是認真的。

麻衣衣除了田徑社以外，還參加了照相攝影社。短短半年內社上的男性就不見蹤影。沒有人知道他們去了哪裡。再這樣下去，麻衣衣肯定到了三十歲還會繼續與和煦妹當室友吧。

「……反正目前還不需要男朋友。」

「舞牧，其實妳具備堪比修行僧的精神呢。值得褒獎。」

「我沒有在意這一點。純粹只是田徑社很忙。下次筑紫妳也來一起跑吧。」

麻衣衣複雜地皺起眉頭。

曾經的睿智之王如今一步步走向墮落。禁慾主義的麻衣衣應該也五味雜陳吧。

「嗯～不過麻衣衣已經做過所有和男朋友一起做的事情了。所以只是不需要吧？」

和煦妹走去倒第二杯果汁，同時以幾乎聽不見的小聲開口。

「對不對，王子～」

「什、什麼對不對啊!?」

走過我身後的和煦妹，順手輕拍我的肩膀。她假裝開玩笑地撒嬌，甩動長長的袖子纏住我的脖子周邊。勒得好緊，超嚇人的。

和煦妹的手還繞到後方，一副想收拾害蟲的氣勢。我完全不知道為何她會放過我，但我希望能盡量和她維持友誼。

「愛美妹妹今天合唱團結束後，要來爸爸這邊嗎？」

愛美爸爸也邀請我參加田野調查。或許也可以等一下在買晚餐前會合。

我一問，愛美便皺起鼻頭。

「其實都可以……但我的意思，難道你不用準備嗎？」

「準備？」

究竟要準備什麼呢？難道是準備收購愛美妹妹的制服？

「啊？很噁心耶。」

「我什麼都還沒開口吧!?」

「看你的眼神就知道了！」

「我真是受到喜愛啊。」

「真噁心……」

她的鼻頭皺得更緊。附帶一提，念小學時的書包與小學帽子幾經曲折之下，躺在我們家的倉庫裡，所以算是有前例。別看愛美這樣，她很喜歡送我東西當禮物呢。

「話說準備是什麼意思啊。」

「今天傍晚不是要來嗎？」

愛美看向一旁。

大家順著她的視線集中至該處。

是貼在冰箱上的磁鐵式月曆。

大家都以自己的顏色寫上預訂計畫。月子妹妹是橘色，鋼鐵小姐是藍色，我則是紅色。

今天的日期上則寫著黑色的字。

內容是——

『四葉姊　視察』

「啊啊啊啊啊啊啊啊啊啊啊啊啊啊啊！」「哇哇哇哇哇。」

我從椅子上跳起來，身旁的月子妹妹跳得比我高三十公分左右。好像輕盈的貓咪一樣，真可愛。

「完全忘記啦！對喔，我姊姊今天要來家庭訪問！」

「摩利支天來襲堪比地獄重現！」

「還是應該像顧家的公雞一樣，早點回去比較好嗎……？」

鋼鐵小姐面色鐵青，小豆梓傷腦筋地眨眼。

「話說或許這就是傍晚參加飲酒會的原因。」

「可能很久沒見面了吧～？她是什麼樣的人呢～？」

麻衣衣淡淡地點頭，和煦妹則不解地歪頭。

是指我的姊姊，橫寺四葉。

她沒有明顯的特徵，頂多有點喜歡拍照——是非常**健康的**人物。

可是具備野性直覺的鋼鐵小姐卻莫名地恐懼她。膽大的麻衣衣和她處得不好。月子妹妹和她爆發過好幾場小規模戰爭。愛美偶爾會受到心情好的姊姊摸摸。小豆梓可能是真正受到姊姊疼愛的人。

自從我和姊姊都離開老家，大家一起玩的機會就少了些。

不過姊姊說想觀摩弟弟住的地方，所以很久之前就答應了她。

「對喔，得改變行程，打掃一番才行……」

我瞄了一眼亂七八糟的房間。

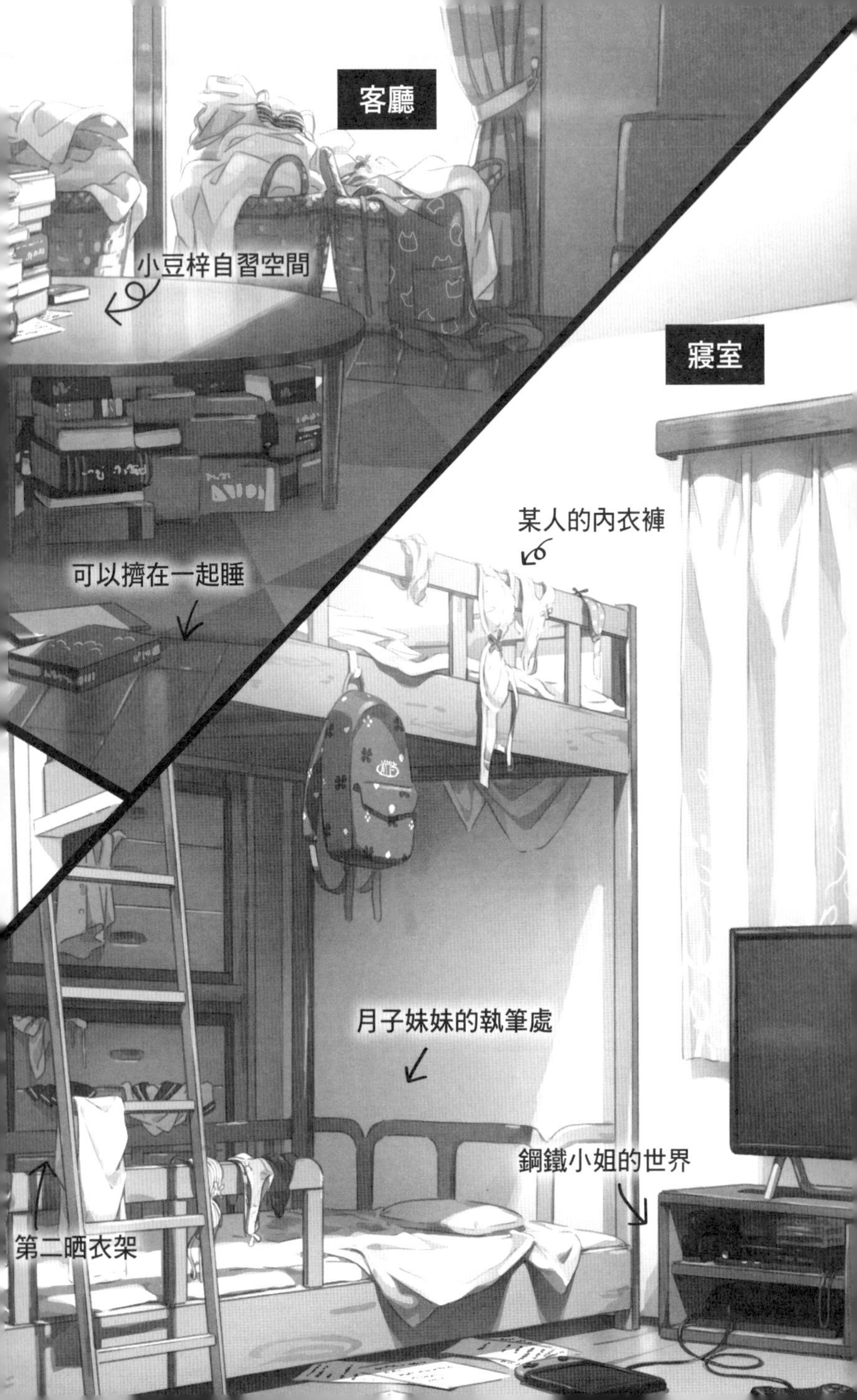
客廳
小豆梓自習空間
可以擠在一起睡
寢室
某人的內衣褲
月子妹妹的執筆處
鋼鐵小姐的世界
第二晒衣架

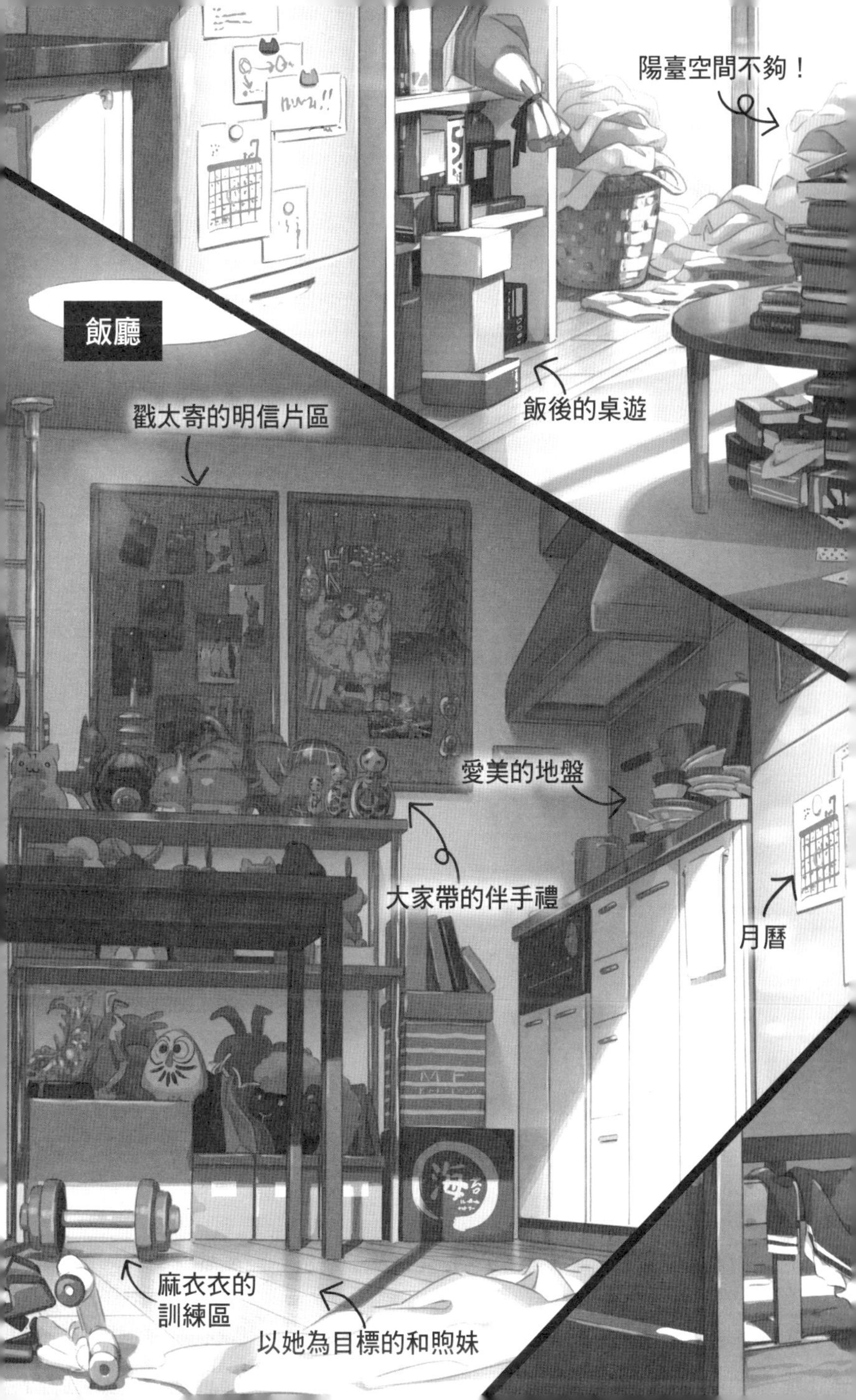
陽臺空間不夠！
飯廳
飯後的桌遊
戳太寄的明信片區
愛美的地盤
大家帶的伴手禮
月曆
麻衣衣的
訓練區
以她為目標的和煦妹

——問題很多，不過最大的問題是大量等待晒乾的床單與毛巾。多到從房間滿出來，甚至連大門前的走廊都有。

牆上是白的。床鋪也是白的。到處都是白的。

白色山脈，白色海流覆蓋了我們的住處。

宛如永恆的樂園，人類曾經天真地居住的伊甸園一樣。

「唔……」

重新認識我們住處的日常光景後，我緩緩摩擦下巴。

「……這點程度的話，應該還有機會吧？」

「哪有啊!?你怎麼會有這種想法!?」

愛美用力搖晃我的臉。我的腦子快晃成漿糊啦！

「根本沒有機會好不好！這讓你姊姊看到就慘了啊！」

「大學生這樣很普通啦……」

「超頹廢大學生的生活頹廢到家，基準才會跟著頹廢！最糟糕的就是毫無自覺！」

愛瑪努艾勒小姐急得口不擇言。別看她這樣，依然算是清純派路線的國中生呢。難道世界上不該過度抱持理想嗎。

身為見過寬廣世面的學長，我得好好告訴她。

「聽好，愛美妹妹。」

「……什麼是？」

「數名男女共住一個屋簷下，基本上都會這樣啦。」

「就～說～了～！這才是問題！頹廢的根本原因!!」

愛美反覆甩我巴掌。腦子快變成果凍啦！

「也沒有妳說的那麼頹廢啦，對不對？」

尋求幫助的我環顧四周，

「……這個，抱歉。說起來自己就是原因……」

「不，我也是。因為我很多地方都偷懶沒打掃……」

以小豆梓與月子妹妹為首，大家都悄悄轉過頭去。

好像吃了禁忌的果實，萌生某種意識的亞當與夏娃一樣。真是奇怪，難道只有我尚未失去純潔的心靈嗎？

「我不知道你的姊姊是不是真的神經質……但她很重視你。她如果看到這麼亂的房間，肯定會昏倒！」

「是嗎……」

「話說她就是因為想抗議這種頹廢生活，才會特地要求來視察吧？」

「我想應該沒這回事。況且姊姊可能不知道我們住在一起吧？」

「……啊？」

「噢，我當然有告訴家長，但不確定有沒有轉告姊姊。那個人也很忙，好像幾乎沒什麼回家。」

「是喔……」

「應該純粹只是想在弟弟的住處放鬆，才說要來視察吧。」

「哇……」

愛美妹妹開始發抖。彷彿不小心目睹地球瓦解，思考崩壞的小女孩一樣，好可愛！

大家面面相覷，

「這下子真的糟糕啦！絕對慘啦！」

「今、今天中止寫報告！這是緊急特急禿鷹案件！」

「之前太懶散了，導致欠缺緊張感。要打掃一番。床單睡衣都要拿去丟。所有痕跡都要消除才行。」

「我、我是不是必須正式和姊姊打招呼才行？傷腦筋，竟然沒有衣服能穿去買衣服！」

「傍晚之前我通通搬走。這些從一開始就當作不存在。來不及搬的就全部燒掉。

還會負責連橫寺一起燒。」

於是所有人開始忙進忙出地大掃除。

這就是實際情況，其實特地演戲瞞自家人也沒什麼意義。

「……王子將來可能會獲得不得了的成功，或是死得特別難看吧～」

因為和煦妹是局外人，她露出和煦的微笑。好可怕。

由於要整理比較私密的部分，於是我被趕出房間，獨自打掃浴室。

每一條瓷磚的溝都擦得亮晶晶，再將清潔劑倒進排水溝內。

仔細一瞧，架子上放了所有人的洗髮精、潤絲精、沐浴乳。還有女孩使用的不知名美容液、凝膠或乳液之類。好像同時過中秋與過年的高速公路上大塞車，還發生連環車禍。

「的確沒辦法邀請別人來住處呢……」

我略為反省後，更衣室的門略為開啟。

「……不好意思。」

尾巴髮束女孩輕巧地側身進入。

她穿著方便打掃的襯衫，使勁擦拭洗臉臺。她的背部顯得纖細又嬌小，看起來就像一碰就壞的糖雕。

略為映照在洗臉臺鏡子的側顏噘著嘴，她似乎在生氣。

我很清楚她這副表情代表什麼意思。

筒隱月子現在非常沮喪。

「……我最近在許多地方，都太鬆懈了。」

果然過沒多久，月子妹妹的話音就順著水流聲落下。

「我必須再繃緊一點神經才行。不可以頹廢。這樣下去很快就會招人厭。」

我們兩人獨處後，她才喃喃吐露真心話。

她看起來很難理解，其實十分單純。我暫時停止打掃，走出浴室來到更衣室。

「……不會啦。」

輕輕摟住她的背，我明理地搖頭。

鏡中的我露出犀利的神情，月子妹妹則有些垂頭喪氣。

住在一起的這段時間，許多事情的確看得更清楚。

以前筒隱獨自住在老家時，打掃純粹只是用來打發時間。反而是我比較喜歡打掃。

還有做菜時經常不小心太重口味，菜餚與白飯的比例明顯有問題。或是熬夜的第二天整個上午都不發一語。以及洗淨衣物摺得非常一絲不苟，讓別人摺就感到壓力山大。

這些是我發現的細微小事。

全都是必須接近才知道的事，也有許多事情不應該知道。

所以百年的戀情都會突然冷卻——其實並沒有。

我們已經不需要會為了這種瑣事而冷卻的感情了。

目前我們二十歲上下。對纖細的戀情顫抖的青春已經遠去，只剩下愛。對戀情戀戀不捨的少女已經離開了舞臺。

「也對，其實我從很久以前就已經不是少女了。」

「月子妹妹？」

「因為學長。」

「月子妹妹!?」

「如今甚至教會我更深入的事情。」

「月子妹妹！！！」

眼看板著一張臉的筒隱即將亂說話，情急之下我塞住她的嘴。手掌底下的她依然聲音模糊，說著不堪入耳的話，拜託別說啦！

她乍看之下纖細嬌小又文靜。其實意志堅強，有點愛作夢，有時候比我還變態。還有，她是很難用一兩句話形容的女孩。

我和這樣的女孩住在一起。

「哇呣哇呣哇？」

「哇呀～！不要舔不要咬！」

月子妹妹巧妙掙脫我的手掌拘束，轉頭望向我。

「關於剛才的話題，或許這樣也不錯呢。」

「剛才的？」

「就是在床上彼此結合的話題。」

「拜託不要亂用這種招人誤會的形容詞！剛才是在床上彼此握著手，同時看月子妹妹的創作筆記吧!?」

「原來學長是有很多虧心事的變態呢。」

月子妹妹一臉假正經地說。她最近經常這樣調侃我呢。據說女生一般而言比男生好色，這是真的嗎？

「我認為，寫這種故事其實也不錯。」

「這種故事……妳是說像現在這樣？」

「沒錯，大家生活在一起，頹廢，嘻嘻哈哈的故事。」

「原來您有拿自己的私生活來賣的作者魂啊……」

「不過學長也最喜歡這一套吧？」

筒隱表情自然地笑了笑。我完全無話可說。也對，到頭來我可能還是最想看月子妹妹的人生。

「關於『艾弗雷特的多世界詮釋』，以前寫在筆記本上。學長還記得嗎？」

「嗯，是指無數分歧並擴展的平行世界吧。」

筒隱點了點頭。

「我偶爾會思考。在故事結束後延續下去的故事，肯定隨作者與讀者不同而無限擴展。除了我筆下我們的生活，肯定也有多得超乎想像的世界吧。」

透過平行世界的月子妹妹們，記載橫寺同學的故事——

あんたが主役

——比方說像這樣。

發生許多事情，有許多可能性。

包括我、筒隱、小豆梓、鋼鐵小姐、痲衣衣。還有愛美、和煦妹、戳太與其他人，以及更多的人。

希望大家挑選喜歡的世界，並且樂在其中。

月子妹妹應該就是這個意思。

「……這個想法不錯呢。」

我面露微笑。

樂園就在這裡。

未來在任何人心中。

沒有講述的故事會繼續下去。

目前的生活是其中一個可能性，也是我們的人生。

所以要繼續走出人生路，就必須先解決眼前逼近的問題才行。

「欸欸，今天的藍天彷彿鯨魚可以游泳呢！」

小豆梓朝洗臉間探頭，向我們招手。

「小舞剛才說，陽臺的空間完全不夠，所以大家一起去附近的河邊晒衣服！愛美會幫我們製作三明治！」

在她身後的走廊上，見到鋼鐵小姐像扛著斧頭的金太郎。她正在搬運堆積如山的床單。

我們互望彼此，然後同一時間點頭。

「好啊！」

「我也幫忙準備餐點。」

從洗臉間分別衝向大門與廚房時，我們緊急煞車。

「哎呀，在那之前。」

「沒錯。」

向放在果汁盒上的照片一拜。

向**媽媽**祈願，希望今天整天晴朗，以及未來健健康康。

『嗯。』

——腦海中想起采咲女士冷淡的回應，我揮揮手表示「我出門了」。**神明們**肯定也會再度現身吧。

「那就出發吧！」

我套上剛買的新鞋，打開大門。

晴朗的風穿過家中。

於是，新的一日再度開始。

後記

大家好，我是相樂總。

這些故事是以短篇集為名，在結尾名單上播放的餘韻。

〈歡迎加入NTT！〉

在月刊Comic Alive二〇一一年十一月號當成附錄刊載的短篇。潤飾後添加了插圖。是橫寺同學與月子妹妹以前發生的小插曲。文體看起來好青澀……我覺得好羞人，但這可能只是我個人的印象。

〈網路戰爭〉

刊載在二〇一四年四月發行的《變態王子與不笑貓。カントク美術設定集》的短篇。修改後添加了全新的插圖。月子妹妹從以前就特別執著於「星花」這個筆名。另外《被學生脅迫的事能叫犯罪嗎？》這部作品的女主角也叫星花，歡迎各位去看看！（順勢打廣告）

〈序幕〉〈中場〉〈終幕〉
〈奔跑吧！鋼鐵〉
〈自己是隻狗〉
〈之後〉

這些全都是單回短篇。每一篇都當成長篇終章，我撰寫得很開心。另外在〈序幕〉以書中角色閱讀書本的形式，當成各章節的參考文獻名稱。尤其參考了《奔跑吧！美樂斯》《我是貓》以及《山月記》。

這一次受到カントク老師極大的幫忙，才得以在正文中穿插大量的插圖。關於全新的橫寺家，我寫了一篇足以塞滿兩面全開頁的詳細文章加以描述。カントク老師幾乎完整無遺地幫我畫成了插圖。畫得既真實又壯觀……肯定能在カントク老師的世界第一插畫師傳說留下新的一頁。堪稱人間國寶呢。

從封面到彩頁，以及單色插圖。每一次，每一次，カントク老師都畫得漂亮，時髦又可愛。實在是太棒了。

這一集還可以看到眾人稍微成長後的模樣。讓人有點感慨良多呢。敬請比較カントク老師在本集，以及第一集的後記畫的月子妹妹喔。

上一集的後記已經向所有相關人士道謝過了。所以在這裡倒是沒什麼好寫的。

刊載不笑貓的過程中發生了許多事，真的，發生過好多好多事。

例如實在寫不出來，被責編拿皮帶勒住脖子。或是受到泰國、臺灣、中國大陸與韓國的單位邀請。以及獲得每天被關在大企業角川的權利。不過結束後回顧一番，覺得都是寶貴的經歷呢。

各位讀者應該也經歷過許多事情，有各式樣的體會吧。有痛苦，有高興，有傷心，也有歡笑，世界上充滿各種喜怒哀樂。這一部喜劇作品能有個快樂的結局，我覺得非常幸福。

非常感謝各位讀者陪伴本作品到最後一集。

不笑貓的故事就此真正告一段落。但書中角色的人生會繼續下去，一如我們的人生。

只要還在各位的心中，橫寺等人肯定會在某處快樂地生活著。

希望總有一天，能和各位讀者的人生擦肩而過。

Hentikan 變態！（應該是最後一次問候）

相樂總

後記

Hentikan 變態！我是負責插畫的カントク。

這一集雖然形式上是短篇集，不過故事銜接正文劇情。最後還能窺見大家之後的情況，看了真窩心呢。結局之後過了幾年——大家的模樣讓我畫得很開心。該說稍微激起二次創作的玩心嗎。

月子的頭髮稍微長了些，目標是大幅增加她的女主角之力。

真的非常感謝各位讀者看到最後一集。大家真的是不折不扣的變態呢！

浮文字

變態王子與不笑貓13

（原名：変態王子と笑わない猫。13）

作者／相樂總　封面插畫／カントク　譯者／霖之助
執行長／陳君平　榮譽發行人／黃鎮隆
協理／洪琇菁　國際版權／黃令歡
總編輯／呂尚燁　美術主編／李政儀
執行編輯／曾鈺淳　企劃宣傳／陳品萱

出版／城邦文化事業股份有限公司　尖端出版
台北市中山區民生東路二段一四一號十樓
電話：（〇二）二五〇〇七六〇〇　傳真：（〇二）二五〇〇二六八三
E-mail：7novels@mail2.spp.com.tw

發行／英屬蓋曼群島商家庭傳媒股份有限公司城邦分公司　尖端出版
台北市中山區民生東路二段一四一號十樓
電話：（〇二）二五〇〇—七六〇〇（代表號）
傳真：（〇二）二五〇〇—一九七九

中彰投以北經銷（含宜花東）／楨彥有限公司
電話：（〇二）八九一九—三三六九
傳真：（〇二）八九一四—五五二四

雲嘉經銷／智豐圖書股份有限公司　嘉義公司
電話：（〇五）二三三—三八五二
傳真：（〇五）二三三—三八六三

南部經銷／智豐圖書股份有限公司　高雄公司
電話：（〇七）三七三—〇〇七九
傳真：（〇七）三七三—〇〇八七

一代匯集／香港九龍旺角塘尾道六十四號龍駒企業大廈十樓B&D室
電話：（八五二）二七八三—八一〇二
傳真：（八五二）二七八二—一五二九

馬新總經銷／城邦（馬新）出版集團　Cite(M)Sdn.Bhd.
E-mail：Cite@cite.com.my

法律顧問／王子文律師　元禾法律事務所
台北市羅斯福路三段三十七號十五樓

二〇二三年三月一版一刷

■中文版■

郵購注意事項：
1. 填妥劃撥單資料：帳號：50003021戶名：英屬蓋曼群島商家庭傳媒（股）公司城邦分公司。2. 通信欄內註明訂購書名與冊數。3. 劃撥金額低於500元，請加附掛號郵資50元。如劃撥日起 10～14日，仍未收到書時，請洽劃撥組。劃撥專線TEL：(03) 312-4212 ・ FAX：(03) 322-4621。E-mail：marketing@spp.com.tw

國家圖書館出版品預行編目資料

變態王子與不笑貓13 / 相樂總 著 ; 陳冠安 譯.
--1版. --臺北市：尖端出版, 2023.03 面 ; 公分.
--(浮文字)
譯自:変態王子と笑わない猫。13
ISBN 978-626-356-312-4(第13冊：平裝)

861.57　　112000431

變態王子與不笑貓

變態王子與不笑貓